탁동철

김옥림
장편소설

김옥림

김옥림金玉林은 현재 시, 소설, 에세이, 동화, 동시, 교양, 인문, 자기계발서 등 다양한 분야에서 활발히 집필활동을 하는 시인이자 소설가이며 에세이스트이다.

지은 책으로는 소설집《달콤한 그녀》, 장편소설《마리》,《사랑이 우리에게 이야기하는 것들》, 시집《나도 누군가에게 소중한 만남이고 싶다》,《따뜻한 별 하나 갖고 싶다》,《나는 화장하는 여자가 좋다》, 시선집《오늘만큼은 못 견디게 사랑하다》,《사랑하는 사람을 위한 기도》,《시인이 추천하는 명시 100선》,《소중한 사람과 함께 읽는 사랑시 100선》, 에세이《사랑하라, 오늘이 마지막인 것처럼》,《아침이 행복해지는 책》,《가끔은 삶이 아프고 외롭게 할 때》,《허기진 삶을 채우는 생각 한 잔》,《내 마음의 쉼표》,《나는 당신이 참 좋습니다》,《참 좋은 그대에게》,《지금부터 내 인생을 살기로 했다》, 동화《가족의 힘》,《사랑의 연탄은행》, 동시집《너무 좋은 엄마》외 다수가 있다.

시세계 신인상(1993), 치악예술상(1995), 아동문예문학상(2001), 새벗문학상(2010)), 순리문학상(2012)을 수상하였다.

E-mail : ork2002@hanmail.net

58년생 개띠들의
고군분투기

탁동철

김옥림
장편소설

북
씽

/ 차례 /

갈등의
숲길에서

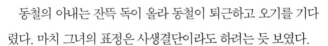

　동철의 아내는 잔뜩 독이 올라 동철이 퇴근하고 오기를 기다
렸다. 마치 그녀의 표정은 사생결단이라도 하려는 듯 보였다.

　오늘은 그 어느 날 보다 동철의 아내에게는 더 길고 힘든 하
루였다. 아침부터 시어머니가 여느 날보다 더 심한 현상을 보
였기 때문이다. 시어머니가 잠든 틈을 타 잠깐 마트에 간 사이
잠에서 깬 시어머니가 변을 보고는 기저귀를 벗어 방안을 엉망
으로 만들어 놓았다. 마트에서 돌아온 동철의 아내는 너무 놀
라 얼마 동안을 얼어붙은 듯 꼼짝도 할 수 없었다. 지금껏 이런
일은 처음이었기 때문이다.

　얼마를 그렇게 서 있던 동철의 아내는 방안을 치우고 시어머
니를 욕실로 모시고 갔다. 변이 시어머니 온 몸에 묻어 씻기는

데 너무도 힘이 들었다. 너무 힘들다보니 냄새나는 것도 몰랐다. 그런데 아무것도 모르는 시어머니는 "이 미친년아, 왜 꼬집고 지랄이야."라고 소리치며 그녀를 꼬집어대고 난리를 피웠다. 그 바람에 놀란 아래층 여자가 올라왔다.

"미안해요. 번번히."

동철의 아내는 소란을 피워 미안하다며 양해를 구했다. 아래층 여자는 그렇게 힘들어서 어떻게 하냐며 마치 자신의 일이라도 되는 양 안타까워했다. 아래층 여자가 가고 나자, 한바탕 난리를 피운 시어머니는 "야 이년아, 배고프단 말야. 나를 굶길 참이냐!"라고 소리쳤고, 밥을 갖다드리자 식사를 하고는 잠이 들었던 것이다.

동철을 기다리던 아내는 침대에서 일어나 시어머니에게 꼬집힌 상처 부위에 후시딘을 발랐다. 따갑고 쓰리고 아파 양미간을 찌푸렸다. 그녀의 팔과 다리엔 늘 손톱에 할퀸 자국과 푸른 멍이 마치 그녀의 고단한 흔적처럼 남아 있다. 동철의 아내는 오늘은 기필코 시어머니를 요양병원에 모시든가, 아니면 자신이 집을 나가든가, 양단간에 결정하기로 작정하였다. 그렇게 작정을 하고나니 더는 겁날게 없었다.

동철은 9시가 막 지나서 퇴근하였다. 동철의 아내는 그가 옷도 벗기 전에 싸늘하게 말했다.

"당신 나하고 얘기 좀 해!"

아내의 싸늘한 목소리에 동철이 흠칫 놀라며 말했다.

"무슨 일인데 그래? 미안하지만 내일 하면 안 될까? 내가 좀
피곤해서……."

"속 편한 소리하고 있네. 누군 안 피곤하고?"

동철의 말에 아내는 독기를 품고 날카롭게 말했다. 그녀의
말에 동철은 마지못해 자리에 앉으며 말했다.

"무슨 말인지 해봐."

"오늘 난리도 아니었어. 이 팔을 보라고!"

동철의 아내는 시어머니가 할퀸 팔을 내보이며 말했다. 그녀
의 팔에 깊은 상처가 나있자 동철은 놀란 표정을 지으며 말했
다.

"상처가 심하네. 약은 발랐어?"

"고작 한다는 말이 상처가 심하네, 약은 발랐어야? 당신은
어쩌면 그처럼 태평해. 이런 일이 어디 한두 번이야?"

동철의 아내는 악을 쓰며 말했다.

"이 사람이 왜 소리를 지르고 그래? 어머니 깨시게."

"당신은 이 상황에서도 어머니가 먼저지? 내가 죽는다고 해
도 당신은 어머니가 먼저일 거야."

"그게 무슨 말도 안 되는 소리야? 억지 좀 부리지 마. 나도
당신 힘든 거 다 알아. 그렇지만, 어떻게 해? 어머니인데……."

동철도 언성을 높였다.

"화를 내도 내가 내야지 왜 당신이 화를 내! 오늘 무슨 일이 있었는지 알아?"

동철의 아내는 이렇게 쏘아대며 오늘 있었던 일을 숨도 쉬지 않고 속사포로 말했다. 아내의 말을 듣고 난 동철은 한풀 꺾인 목소리로 말했다.

"미안해. 정말 미안해……."

"그런 말은 다 소용없어. 어머니, 요양병원에 모셔."

"또 그 소리야? 다른 건 몰라도 그것만은 안 된다고 했잖아. 당신도 알다시피 어머니는 평생을 자식들에게 헌신하신 분이야. 그런데 힘들다고 어떻게 요양병원에 모셔."

"물론 당신에겐 특별한 어머니이시지. 하지만 나도 살아야 하잖아. 그리고 요양병원이 어머니에게도 더 안정적일 수 있어. 요양사가 돌봐주고, 건강도 정기적으로 체크해서 이상이 있으면 바로 조처를 하니, 문제 될 것도 없고. 그런데 왜 모두가 힘들게 집에서 모시자고 하는 거야."

"당신에게 늘 고맙고 미안해. 하지만, 어머니를 요양병원에 모시는 일만은 안 했으면 좋겠어."

"내 팔을 보라고. 맨 상처에다 멍투성이야. 이게 어디 사람 팔이야. 내가 이렇게 힘든 데도, 당신은 그런 말을 어떻게 그렇게 쉽게 해. 이런 생활이 벌써 3년째야. 지금 내 몸이 몸이 아니라고. 더 이상 이렇게 살다가는 내 명에 못 살 것 같아. 그러니 내 말대로 해줘."

"다른 건 다 들어줘도 그것만은 안 돼. 그러니 날 좀 이해해 줘."

동철은 애원하듯 말했다.

"내가 말을 말아야지. 어쨌든 나도 이대로는 더는 못 하겠어. 정 집에서 모시고 싶으면 당신이 간병해. 나는 집을 나갈 테니."

동철의 아내는 동철에게 폭탄선언을 했다. 그것은 그냥 하는 소리가 아니었다. 그녀가 몇 번을 생각하고 생각해서 스스로에게 다짐한 일이었다. 동철의 아내는 몸이 허약한데다가 허리가 좋지 않아 무거운 것을 드는 것도 무리를 해서는 안 된다. 지난 3년 동안 시어머니를 간병하면서 물리치료를 받은 것만도 십여 차례나 된다.

"뭐라고! 집을 나가겠다고?"

동철은 핏발을 세워 말했다.

"그래! 내가 못할 줄 알고? 그러니까 지금 내가 한말 허투루 듣지 마."

"이 사람이 정말?"

동철은 눈을 치켜뜨고 말했다.

"그런 눈으로 쳐다보면 어쩔 건대?"

"……."

동철은 아내의 심상치 않은 말에 더는 아무 말도 할 수 없었다.

"다시 말하지만 나 빈말로 하는 거 아냐."

"꼭 그래야겠어?"

"응. 나 더 이상 말 안 해. 앞으로 10일 안에 어머니를 요양병원에 모시든가 아니던가를 결정해."

"……"

동철은 아내의 기세등등한 말에 말없이 천장만 바라보았다. 동철의 아내는 방으로 들어가며 '쾅!' 하고 집이 떠나갈 듯 문을 닫았다. 그리고는 침대에 누웠다. 하지만 열불이 나서 견딜 수가 없었다.

'그저 어머니, 어머니. 나는 안중에도 없지. 두고 봐. 내가 어떻게 하나.'

동철의 아내는 속으로 중얼거리며 잇소리가 나도록 이를 악물었다.

동철은 잠시 멍 하니 있다, 어머니 방으로 들어갔다.

"어머니, 왜 이런 몹쓸 병에 걸리셨어요……. 어머니가 무슨 잘못이 있다고요……. 어머니가 병에만 걸리지 않았어도, 집사람이 힘들지 않았을 거 아네요……. 어머니, 제가 어찌하면 좋을까요……. 저 사람을 생각하면 어머니를 요양병원에 모셔야 하는데, 저는 도저히 그럴 수 없어요. 어머니……."

동철은 잠자는 어머니 앞에 무릎을 꿇고 앉아 이렇게 말하며 눈물을 흘렸다. 그의 안타까운 마음도 모른 채 어머니는 깊은 잠에 빠져 있었다.

얼마를 그렇게 있다 자리에서 일어난 동철은 친구인 최종국에게 전화를 걸어 한잔 하자고 했다. 가슴이 답답해서 미칠 것만 같아서였다. 약속 장소로 가는 내내 그의 입에서는 깊은 한숨만 터져 나왔다. 약속장소에 도착해 문을 열고 들어가자 먼저 와 있던 종국이 동철을 보고 소리쳤다.

"동철아, 여기야."

"어, 먼저 와 있었네."

동철이 자리에 앉으며 말했다.

"뭘 먹을까. 부대찌개에 소주 어때?"

종국은 기분 좋은 얼굴로 말했다.

"좋지."

동철이 좋다고 하자 종국은 종업원을 불러 부대찌개와 소주를 시켰다. 방금 전과 달리 동철이 침울한 표정을 짓자 넌지시 그가 말했다.

"왜 무슨 일 있어?"

"……."

동철이 말이 없자 종국이 또 다시 말했다.

"무슨 일인데 그래? 너 답지 않게."

"어머니 간병 문제로 집사람하고 다퉜어."

"그래? 좀 더 자세히 말해 봐."

동철은 자신도 모르게 한숨을 내쉬었다. 그만큼 그에게 있어서도 어머니의 문제는 크나큰 고민이었던 것이다.

"집사람이 어머니를 요양병원에 모시자고 하더라고. 자신이 힘들어서 더 이상 간병할 자신이 없다는 거야."

"수빈이 엄마 마음 충분히 이해가 돼. 몸은 약한데 3년이나 어머니를 간병했으니 많이 힘들 거야."

"어떨 때 보면 너무 안쓰러워 차마 그 사람 보기가 너무 미안해."

"이런 말 한다고 화낼지 모르겠지만, 어머니를 요양병원에 모시는 게 어때? 요즘 시설 좋은 곳도 많다고 하던데. 그편이 어머니에게도 수빈이 엄마에게도 좋을 것 같은데……."

종국의 말에 동철이 말했다.

"그랬으면 좋겠지만, 내 마음이 허락이 안 돼."

"네 마음은 잘 알아. 그렇지만 수빈이 엄마도 생각해야지. 그러다 건강에 이상이라도 생기면 어떻게 하려고."

"나도 그게 걱정이 되지만……."

동철이 채 말을 잇지 못했다.

"그러다 수빈이 엄마가 따로 산다고 하면 어쩌려고?"

"그러지 않아도 자기 뜻대로 안 하면 집을 나가겠다고 폭탄선언을 하더라고."

그 때 종업원이 부대찌개와 소주를 갖고 왔다. 종국은 동철의 잔에 소주를 따라주고, 자신의 잔에도 소주를 따랐다. 동철은 단숨에 잔을 비웠다.

"천천히 마셔."

종국은 이렇게 말하며 동철의 잔에 소주를 따라주었다. 그리고 자신도 소주를 들이켰다.

"참 조금 전 수빈이 엄마가 집을 나가겠다고 했다는데, 너 신중히 생각해야 돼."

"이성적으로는 그게 옳은데, 마음으로는 용납이 안 돼. 내게 어머니는 종교와도 같은 분이야……. 나는 어머니의 지난날을 잊을 수 없어."

동철은 이렇게 말하며 눈물지었다. 그에게 있어 어머니는 어머니 그 이상과도 같은 존재였다.

"알아. 어머니가 네게 어떤 분이시라는 걸. 그러나 이건 현실이야. 그러니 잘 생각해봐."

종국은 이렇게 말하며 잔을 비웠다. 동철은 종국의 말에 더욱 흐느꼈다. 종국은 말을 멈춘 채 그가 멈추기를 기다렸다. 그의 눈에도 물기가 어려 불빛에 반짝거렸다.

잠시 주검 같은 침묵이 흘렀다. 초로의 두 남자가 늦은 시간에 마주 앉아 눈물짓는 모습은 마치 그들 세대의 암담한 현실을 말하는 것 같았다.

얼마를 흐느끼던 동철이 울음을 멈추고 말했다.

"미안하다. 눈물을 보여서……."

"울고 싶을 땐 울어. 우리에게도 때론 눈물이 필요해……. 억지로 참으면 병 돼."

종국은 이렇게 말하며 안쓰럽게 동철을 바라보았다.

시간은 이미 자정을 넘어가고 있었지만, 둘은 얼마를 더 있다 술집을 나왔다.

동철은 새벽 1시가 넘어서야 집에 도착했다. 평소보다 술을 많이 마셨지만, 별로 취하지 않았다.

동철의 아내는 자고 있었다. 그는 아내의 얼굴을 바라보다 "흑"하고 눈물을 터뜨렸다. 움푹 꺼진 볼을 보자 너무도 속이 상했다. 자신 때문에 빚어진 일만 같아 그녀에게 너무 미안했던 것이다.

"여보, 미안해. 당신을 너무 힘들게 해서……. 나도 당신 말대로 하고 싶은데, 그게 잘 안 돼."

얼마 동안 눈물짓던 동철은 아내의 야윈 볼에 손을 살며시 대었다. 그렇게나 예쁘고 탱탱했던 피부는 탄력을 잃어 마른 나무 껍데기처럼 말라 있었다. 아내의 얼굴에 손을 대어본지도 얼마만인지 모른다. 눈으로 볼 때도 그랬지만, 손끝에 느껴지는 그녀의 거친 감촉이 또 다시 그를 눈물짓게 했다. 그는 어깨

까지 들썩이며 소리 없이 울었다. 터져 나오려는 울음을 가까스로 참고 있는데, 아내가 몸을 움츠리자 동철은 얼른 손을 떼고 자리에서 일어났다. 잠을 깨면 어떡하나 했는데 다행히 그녀는 다시 새근거리며 잠을 잤다.

동철은 욕실로 가 세수를 하였다. 거울에 비친 비쩍 마르고 흰머리가 듬성듬성 있는 남자가 자신이라고 생각하니, 순간 아찔하고 캄캄해져 왔다. 어느새 내가 이렇게 변했다니, 마치 거울 속에 그가 낯선 사내처럼 여겨졌다. 그는 얼마를 그렇게 거울과 마주보며 서 있다, 방으로 들어와 잠을 청했지만, 좀처럼 잠을 이룰 수 없었다. 새근거리는 아내의 소리만 방안을 가득 채울 뿐이었다.

동철의 어머니는 넉넉한 집에서 태어났다. 큰 오빠하고는 10살 차이가 나고, 작은 오빠하고는 8살 차이가 나는데다가 막내였기 때문에 부모님의 사랑을 듬뿍 받고 자랐다. 특히, 아버지의 사랑은 아주 각별하였다.

여학교를 졸업하고 나서 스무 두 살 되던 해 친지의 소개로 세살 많은 경찰공무원 남편과 결혼하였다. 동철의 어머니는 학창시절 학교를 대표할 만큼 노래며, 붓글씨며, 수예는 물론 바느질에도 뛰어났다. 수려한 외모에 양가집 규수다운 몸가짐에 주변 사람들의 시선을 사로잡곤 했다.

동철의 아버지는 그런 아내를 너무도 예뻐해 주었다. 때때로 선물도 하고, 둘만의 시간을 갖곤 하였다. 50년대 중반만 하더라도 그렇게 한다는 것은 쉽지 않은 일이었다. 결혼한 이듬해 장남인 동철이 태어났다. 그리고 동철과 두 살 터울인 딸 동숙이 태어나고, 네 살 터울인 동준이 태어나고, 일곱 살 터울인 막내 동민이 태어났다.

동철의 어머니는 동철의 외할아버지로부터 논과 밭을 유산받아 넉넉한 생활을 하였다. 동철의 외할아버지는 딸도 아들과 똑 같이 유산을 나눠주어야 한다는 생각을 가진 분이었다.

그런데 동철이 초등학교 들어가던 해 돌아가셨다. 그리고 그로부터 5년 뒤 동철의 외할머니도 돌아가셨다. 친가 쪽은 동철의 아버지가 중학교 다니던 시절 할아버지가 돌아가셨고, 할머니는 동철이 태어나기 이 태 전에 돌아가셨다.

동철과 동생들은 부모님의 사랑 속에 구김살 없이 자라났다.

그런데 동철의 어머니가 서른여덟 되던 해 심장마비로 급작스럽게 아버지가 세상을 떠나고 말았다. 아버지는 평소 심장이 안 좋아 수술을 두 번이나 했음에도, 끝내는 심장병으로 세상과의 연을 끊고만 것이다.

"여보, 이렇게 떠나시면…… 우리 애들은 어떡해요……. 나는 또 어찌하고요……. 당신이 없는 세상에서…… 우리보고 어떻게 살라고요……. 무, 무슨 말이라도 좀 해 봐요……. 네,

여보……."

동철은 아버지의 주검 앞에 그처럼 애절하게 우시던 어머니의 모습을 지금도 잊을 수가 없다. 두 분이 서로를 너무도 사랑했기 때문이다.

경찰공무원은 박봉이라 어머니는 아버지 수술을 하느라 외할아버지로부터 물려받은 논과 밭을 팔아 재산이라고는 집 한 채 뿐이었다. 동철의 어머니는 당장에 아이들과 먹고 살길이 막막하였지만, 아이들 앞에서는 내색하지 않았다. 어머니는 배운 사람으로서의 품위를 잃지 않았던 것이다.

동철의 어머니는 집을 팔아서라도 장사를 해볼까도 했지만, 장사 경험이 없어 매우 조심스러워했다. 만약 일이라도 잘 못된다면 아이들 하고 살아가기가 그만큼 더 힘들어지는 까닭이었다. 그리고 남편과의 추억이 고스란히 담겨 있는 까닭이기도 했다.

동철의 어머니는 돈을 들이지 않고 할 수 있는 일을 알아보기 시작했다. 그러다 화장품 판매업을 하는 친지가 화장품 외판을 해보라고 했다. 어머니는 지푸라기라도 잡는 심정으로 한번 해보기로 했다.

동철이 어머니의 처지를 알고 있는 친구들과 지인들이 화장품 외판을 한다는 말을 듣고 화장품을 팔아주어, 처음 하는 일이었지만 자신감을 갖고 할 수 있었다. 하지만 그것도 한계가 있었다. 어머니는 새로운 고객을 확보하기 위해 아침부터 저녁 시간까지 부지런히 발품을 팔아야만했다. 어머니는 당시 중학교 3학년이던 동철, 둘째인 딸 동숙, 셋째인 동준, 넷째이자 막내인 동민 등 사남매를 어떻게 해서든 잘 키워보려고 노심초사하였다.

동철은 어머니의 기대에 부응하기 위해 중학교 3년 내내 전교 1등을 놓친 적이 없을 만큼 공부를 잘 했지만, 동생들을 위해 어머니의 반대에도 무릅쓰고 장학금이 보장 된 고등학교 입학을 포기하였다. 누구보다도 속이 깊은 동철이 백 번 천 번 생각 끝에 내린 결론이었다.

"동철아, 너를 힘들게 해서 미안하다. 엄마 마음이 너무 아프구나."

동철이 고등학교를 포기하고 검정고시를 보겠다고 하던 날 어머니가 울면서 말했다.

"엄마, 전 괜찮아요. 그러니 마음 아파하지 마세요."

동철은 어머니를 위로하며 말했다.

"아버지가 살아계셨더라면 네가 이렇게 하지 않아도 되는데……."

그랬다. 어머니는 동철이 고등학교를 포기한 것이 너무도 마음 아팠다.

"엄마 혼자 힘들게 일하시는 데 제가 어떻게 맘 편히 공부할 수 있겠어요. 검정고시 꼭 합격할 테니 걱정 마세요."

동철은 이렇게 말하며 어머니의 손을 꼭 잡았다. 어머니는 그런 동철을 안쓰러운 표정으로 바라보았지만 더 이상 반대할 수 없었다.

동철은 새벽에는 신문을 돌리고, 낮에는 도서관에서 독학으로 대입검정고시를 준비했다. 그리고 저녁엔 중학교 1학년 아이들을 대상으로 과외를 하였다. 신문을 돌리고 받는 돈과 과외비를 받으면 모두 어머니에게 드렸다. 그 돈은 어머니에게 많은 힘이 되었다.

동철은 독학으로 공부한지 2년 만에 대입검정고시에 합격하였다. 그리고 이듬해 예비고사를 보았다. 예비고사점수로는 서울 명문대학에도 충분히 갈 수 있었지만, 4년간 전액 등록금을 받기 위해 지방대학에 전체수석으로 입학하였다.

동철이 밑으로 세 명의 동생이 있다 보니 어쩔 수 없는 선택이었다.

대학에 입학한 동철은 과외를 하여 어머니를 도왔다. 그에게 하루하루는 삶과의 전쟁이었다. 공부를 하고 세 군데 과외를 하다보면 하루가 어떻게 가고 오는지 알 수 없었다. 그러다보니 동철은 대학시절 내내 그 흔한 미팅이나 소개팅을 한 적이 없다. 그래도 그는 자신의 처지를 불평해 본 적이 한 번도 없었다. 자신이 어머니를 도와 동생들을 가르치고 거둘 수만 있다면 그것만으로도 다행스럽게 생각했다.

대학졸업 후 보충역으로 군복무를 마친 동철은 전자제품을 수출하는 회사에 취직하여 집안을 떠맡았다. 어머니는 나이도 있고, 건강도 좋지 않아 화장품 외판을 그만두었다. 더 하겠다는 것을 동철이 극구 말린 것이다. 어머니는 비로소 오랜 생활 전선에서 벗어날 수 있었다.

동철은 29세 때 자신보다 두 살 아래 시청 공무원인 지수영과 결혼을 했다. 같은 회사 동료가 자신의 친척 여동생인 수영을 소개해 주었다. 동료는 그녀가 시청공무원인데 얼굴도 예쁘고 무엇보다 마음이 참 따뜻한 사람이라고 했다. 그러니 한번 만나보라며 몇 번을 말해 동철은 수영과 만남을 가졌다.

동철은 처음 본 순간 수영이 맘에 들었다. 보통 키에 갸름하고 하얀 얼굴이 눈처럼 환해 보였다. 그리고 웃는 모습이 참 예뻤다. 그녀 또한 동철을 보고 마음에 들어 했다. 그러지 않아도 친척 오빠로부터 동철에 대해 얘기를 듣고, 그를 한번 만나보고 싶다는 생각을 했는데 직접 만나보니 자신이 생각한 그대로였다. 둘은 처음 만났지만 많은 얘기를 나눴다. 그날 이후 그들은 틈틈이 만남의 시간을 가졌고, 서로에 대한 마음을 확인한 후 만난 지 일 년 만에 결혼했다.

동철이 아내와 결혼을 결심한 이유는 자신의 환경이 넉넉지 못하고, 어머니를 모시고 살아야 한다는데도 흔쾌히 좋다고 해서였다. 그녀는 자신의 말대로 직장생활을 하면서도 어머니와 살같이 지냈다. 그래서 처음 보는 사람들은 며느리가 아니라 딸이냐고 묻곤 했다. 그만큼 고부 사이가 좋아 동철은 그게 더 행복하고 즐거웠다.

아들 의빈과 딸 수빈이 태어났다. 아이들은 두 살 터울이다. 동철의 아내는 아이들이 태어나고 나서도 직장생활을 하였다. 어머니가 아이들을 잘 봐주어 걱정 없이 근무를 할 수 있었다. 그런데 마흔아홉 되던 해 갑자기 건강이 안 좋은 관계로 퇴직하고 지금껏 가정주부로만 지내왔다.

직장생활 때 동철의 아내가 받는 월급의 절반은 의빈이 학원비와 수빈의 바이올린 레슨비로 들어갔다. 그리고 퇴직하고 받은 퇴직금 중 일부는 아이들 대학 등록금과 수빈이 레슨비로 충당되었고, 자신을 위해 쓴 거라고는 하나도 없었다. 그래도 그녀는 행복해했다. 두 아이가 건강하게 열심히 해주는 것만으로도 너무 고마웠던 것이다.

그렇게 해서 의빈은 명문대 법학과에 합격했고, 수빈은 음악대학에 합격했다. 모든 부모가 다 그렇겠지만, 그녀는 그 때를 생각만하면 지금도 입가에 미소가 돋곤 한다.

아들 의빈은 스물여덟 살로 대학을 졸업하고 군복무를 한 후 서울에서 3년 째 사법고시를 준비하고 있다. 그러다보니 매달 방임대료에 생활비 까지 보낸다. 어머니 병원비며 약값 지출도 만만치 않다보니, 늘 생활고에 허덕였다.

동철은 지난 번 설에 의빈이 집에 왔을 때 진로에 대해 얘기를 나눈 적이 있다.

"요즘 공부하기 어떠니. 많이 힘들지?"

"힘은 들지만 그래도 열심히 하고 있어요."

동철은 의빈의 말에 말없이 고개를 끄덕이다가 무슨 곤란한 말이라도 하는 사람처럼 조심스럽게 말했다.

"그래. 그런데 그 힘든 공부를 계속해야겠어?"

"네, 왜요?"

의빈은 느닷없는 그의 말에 반문하듯 말했다.

"사법고시 말고 공무원시험을 보는 건 어때? 로스쿨이 생긴 이후로 변호사들도 사무실 운영이 많이 힘들다고 하던데."

돈 잘 벌던 예전 변호사들과 달리 요즘 변호사들은 로스쿨의 영향으로 변호사수가 크게 증가 하자 변호사 사무실을 내도 수임건수가 별로 없다보니 임대료조차 내지 못해 문을 닫는 일이 많다. 그러다보니 대형 로펌에 들어가 월급 변호사로 일하려고 해도 그것도 줄이 있거나 실력이 출중해야 겨우 자리를 얻을 수 있다는 기사를 신문에서 본 적이 있고부터 동철은 말은 안했지만 의빈의 생각을 한번 들어보고 싶었었다. 물론 거기엔 집안 형편이 어려운 상황에서 언제 까지 뒷바라지를 해야 할지 하는 생각이 더 크게 작용했다.

"저도 알고 있어요. 그런데 저는 변호사보다 판사가 되고 싶어요. 우리 집안 형편이 좋지 못해 저도 많은 생각을 해요. 하지만 꼭 판사가 되고 싶어요."

의빈은 이렇게 말하며 동철을 바라보았다. 그의 눈에는 간절함이 배어 있었다. 동철은 더 이상 말을 한다는 게 의빈에겐 상처가 될 수도 있겠다는 생각에 이렇게 말했다.

"그래. 집안 형편이 어렵지만, 네 뜻대로 하거라. 어떻게든 뒤를 봐주도록 하마."

"할머니 병원비에 약값에 힘드신 거 다 알아요. 그래서 너무 죄송해요. 제게 조금만 시간을 주세요. 내년 까지 도전해 보고 결과에 따라 진로를 결정할게요."

"그래. 너의 선택을 믿으마."

동철은 이렇게 말하며 의빈의 등을 두드려주었다.

"감사합니다. 아버지. 그 때까지 열심히 하겠습니다."

이렇게 말하는 의빈의 얼굴엔 동철에 대한 미안함과 감사함이 교차 되듯 스치며 지나갔다. 동철은 엷게 미소 지며 말 대신 고개를 끄덕였다.

딸 수빈은 어린 시절부터 음악에 재능이 있었다. 특히, 바이

올린에 관심이 많아 바이올린을 할 때면 너무도 행복해하고, 연습을 게을리 하는 적이 없었다. 오히려 부모가 말릴 정도였다. 어린이를 대상으로 하는 전국 음악대회에서 대상을 받을 정도로 바이올린 연주 실력이 뛰어났다. 중고등학교 때부턴 일주일에 한 번씩 서울로 레슨을 다녔다. 갈 때마다 레슨비를 갖고 갔다. 만만치 않은 레슨비 때문에 동철의 아내가 받는 월급의 삼십 퍼센트는 레슨비로 쓰였다.

그처럼 열심히 한 끝에 수빈은 자신이 바라는 음악대학에 들어갔다. 대학에 들어가서도 교수 특별 과외와 각종 연주 행사로 인해 등록금보다도 더 많은 돈이 들어갔다. 그러다보니 생활은 늘 빠듯하였다. 동철의 아내가 받은 퇴직금이 없었더라면, 빚을 내야 할 판이었다.

수빈은 대학을 졸업하고 교향악단에 들어갔다. 경쟁률이 심했지만, 워낙 연주 실력이 뛰어나 쉽게 입단할 수 있었다. 자신의 일에 만족해하며 하루하루를 즐겁게 생활하고 있다.

동숙은 동철보다 두 살 아래로 자존심이 무척 강하고, 이기적인 성격을 가졌다. 그녀는 자신이 하고 싶은 것은 어떻게 해서든 꼭 하고야 마는 성격이었다. 동숙은 상업고등학교를 졸업하고, 회사에 다니다 서른두 살 때 미국인과 결혼을 한 후 미국으로 갔다. LA에서 아들 하나를 낳고 살던 중 남편을 여의고 직장생활을 하며 대학에 다니는 아들과 살고 있다.

　동준은 셋째로 성격이 온순하고 공부를 잘해 장학금을 받고 대학에 다녔다. 그는 대학교 3학년 때 신춘문예 소설에 당선되었다. 그는 대학을 마치고 대기업 차장으로 재직 중 그만두고 원래의 꿈인 작가로 활동하며, 일주일 세 번 도서관, 백화점 문화센터 등에서 문예창작을 강의한다. 풍족하지는 않지만 아내와 두 아들과 행복하게 살아왔다.

　그런데 동준이 마흔 여덟 되던 해 그와 동갑인 아내가 세상을 뜨자 지금껏 홀로 아이들을 키워왔다. 큰 아들은 대학교 3학년이고, 작은 아들은 고등학교 2학년이다.

　동민은 대학을 마치고 자동차회사에 입사해 20년째 다니고 있다. 직장에 다니는 아내와의 사이에 두 아이를 두었고, 시댁과 잘 어울리지 못하는 아내 때문에 한 때 맘고생이 심했다. 아내와 시댁문제로 다투기도 많이 했지만, 결국 아내의 뜻에 끌려가는 수동적이고 이기적인 성격이다. 집에도 명절 때나 오고, 밥만 먹고는 이내 가버려 가족들의 걱정을 사곤 했다.

　동철의 어머니는 남편 없이 홀로 자식들을 키우며 평생을 힘들게 살아 왔다. 이제 맘 편히 자식들 효도 받으며 편안한 노후를 보내나 싶더니 불행히도 치매에 걸리고 만 것이다.

　기억력에 이상 증세가 생긴 것은 일흔 여섯 들어서였다. 평소에 기억력 좋기로 소문난 어머니가 기억을 잘 못하는 가 하면, 전화를 받고 전화기를 냉장고에 넣어두기도 하고, 걸레로 얼굴을 닦고, 외출해서 집을 찾아오지 못해 지구대에서 연락이 오는가 하면, 가끔 옷에 실수를 하는 등 이전에 볼 수 없었던 행동을 예사로 했다. 결국 일흔일곱에 치매판정을 받았다.

그 후 3년 동안 동철의 아내 수발을 받으며 지내오고 있는 터였다.

처음 치매 판정을 받고 작년 까지만 해도 지금처럼 심하고 난폭하진 않았다. 그런데 올해 들어 동철의 아내가 씻기거나 할 때 꼬집고 깨무는 등의 증세가 나타났다. 그 증세가 점점 심해져 동철의 아내는 혼자서 감당하기가 너무 힘에 부쳤다. 그래서 어머니를 요양병원에 모시자고 몇 번을 애기했지만, 동철은 번번이 지나치곤 했다.

그런데 오늘은 동철의 아내가 작심을 하고 폭탄선언을 한 것이다.

동철 부부는 싸우고 난 뒤 꼭 필요한 말 외에는 하지 않았다. 동철은 그러지 않았지만, 아내가 그와 마음의 거리를 두었기 때문이다. 그렇게 하루하루 시간은 흘러갔고, 아내가 정한 10일의 기한이 바로 오늘이다.

동철은 아내의 말을 따라야지 하고 생각하다기도 막상 어머니를 생각하면 그럴 수 없었다. 그의 생각은 하루에도 수도 없이 뒤바뀌었던 것이다.

그런데 오늘 퇴근하면 자신의 생각을 말해야 한다고 생각하니, 동철은 하루 종일 일이 손에 잡히지 않아, 생전 하지도 않은 실수를 하기도 했다. 그만큼 그의 마음은 편치 않았던 것이다.

애타는 동철의 마음과 달리 매정하게도 시간은 흘러갔고 퇴근 시간이 되었다. 퇴근을 한 그는 곧장 집으로 왔지만, 집에 들어가기가 꺼려졌다. 그래서 동철은 차를 주차시키고 나서도 한참을 차 안에서 머뭇거렸다. 그러면서 생각에 생각을 거듭하였지만, 자신은 도무지 아내의 뜻을 따를 수 없음을 알았다. 결심이 서자 그는 차문을 열고 나와 집을 향해 걸어갔다. 그 시각 동철의 아내는 그가 퇴근하고 오기를 기다리고 있었다. 그녀 역시 자신의 생각에 변함이 없음을 확인한 끝이었다.

잠시 후 현관문을 열고 동철이 들어왔다. 그는 말없이 아내가 앉아 있는 소파에 앉았다. 동철의 아내는 눈길도 주지 않았다. 잠시 주검 같은 침묵이 흘렀다. 그러기를 얼마 후 동철이 먼저 입을 열었다.

"저……, 그동안 수백 번도 더 생각해 봤는데, 아무래도 어머니 요양병원에 못 모시겠어. 미안해……."

"그래? 그럼 결론은 났네. 내가 나갈게."

"그렇게 해."

동철은 더 이상 아내를 힘들게 하고 싶지 않았다. 그는 열흘 전 아내와 다투고 나서 많은 생각을 했었다. 아내가 기한까지 정해 말한 것은 그녀로서는 엄포가 아니라고 여겨 그로서는 마음의 결정이 필요했던 것이다.

동철은 세 가지 이유로 퇴직을 생각했다. 천만다행으로 어머니가 심한 상태에서도 그만을 용케 알아봐 자신이 어머니를 모시는 게 최선이라고 생각해서이고, 딸 수빈이 같은 교향악단 남자친구와 내년 5월에 결혼을 하는데 결혼비용이 부족해서이다. 그리고 작년부터 회사상황이 좋지 않아, 올해 들어 동철과 같은 간부직 직원은 명퇴를 종용받고 있었다.

그런데 아내의 굳은 결심을 보고 퇴직하기로 결심한 것이다.

그들 사이에 잠시 침묵이 흘렀다. 동철이 먼저 입을 열었다.

"저, 부탁이 있는데……."

"무슨 부탁?"

"나 퇴직할 때까지만 어머니 좀 살펴 줘."

"퇴직한다고? 언제?"

아내는 그가 퇴직한다는 말에도 동요를 일으키지 않았다. 그만큼 그녀로서는 힘이 들었던 것이다.

"이번 달 말에 퇴직신청하려고 해. 그러니 그 때까지만 부탁해."

"조건이 있어."

"조건? 뭔데?"

"당신 퇴직할 때까지는 돌봐드릴게. 하지만 나는 이번 토요일에 나갈 거야."

"퇴직 때까지 돌봐드린다며?"

"돌봐드리데 당신 출근시간에 맞춰오고, 퇴근하면 갈 거니까."

"꼭 그래야겠어?"

"응. 당신하고 마주하고 있는 것조차 싫으니까."

"……."

마주하고 있는 것조차도 싫다고 하는 아내의 말에 동철은 그 어떤 말도 할 수 없었다.

"그러니 그렇게 알아."

"그, 그래. 그렇게 해……."

동철은 그 어떤 말로도 아내의 마음을 돌이킬 수 없다는 것을 강하게 느꼈다. 그래서 그렇게 하라고 말했다. 이왕 아내가 나가기로 결정한 이상 그녀의 마음을 조금이라도 편하게 해주고 싶었다.

동철의 아내는 방으로 들어갔다. 잠시 동안 멍하니 있던 동철은 냉장고에서 맥주를 꺼내 들이켰다. 맥주를 마시며 생각하니 지난 3년이 아내에게는 30년도 더 될 만큼 힘들었을 거라는 생각이 들었다.

　동철은 한 캔을 다 비운 뒤 한 캔을 더 따서 한 모금을 들이
키는데 갑자기 그의 눈에서 눈물이 왈칵 쏟아져 나왔다. 어쩌
다 내가 이런 상황에 놓였을까, 하고 생각하니 슬픔이 밀물처
럼 밀려왔던 것이다. 동철은 마시던 캔을 식탁위에 내려놓고
베란다 쪽으로 걸어갔다. 베란다에서 바라보는 밤풍경은 저리
도 아름다운데 자신의 마음은 온통 슬픔의 덩어리로 뭉쳐 있다
생각하니 더욱 눈물이 났다. 동철은 눈물이 멈출 때까지 그냥
울었다. 눈물은 마음을 정화시키는 작용을 한다고 하지만, 울
고 나서도 그의 가슴은 여전히 무거웠다. 그는 이 모든 것이 자
신이 짊어지고 가야할 숙명이라고 생각했다.

　동철은 마시다 만 맥주를 들이키고는 방으로 들어갔다. 아내
는 잠이 들었는지 숨소리만 새근거렸다. 피곤에 지쳐 잠든 아
내의 모습이 너무도 애처로워 가슴이 뭉클해지자 그는 가만히
문을 열고 거실로 나왔다. 그리고는 어머니 방으로 들어가 어
머니를 살펴 본 후 그 옆에서 가까스로 잠이 들었다.

졸혼을
하다

동철의 아내는 자신의 말대로 토요일 날 짐을 챙겨 집을 나
갔다. 그녀가 거처할 곳은 집으로부터 2킬로미터 쯤 떨어진 곳
에 새로 생긴 오피스텔이다. 동철의 아내는 열흘 전 어머니를
요양병원에 모시는 문제로 동철과 다툰 후 자신의 뜻을 관철시
키는 데는 어려움이 있다고 판단한 후 정보지를 살펴보던 중
오피스텔 광고를 보게 되었다. 자신이 퇴직하고 받은 퇴직금
중 아이들을 위해 쓰고 남은 돈을 그동안 정기예금으로 해 놓
았는데 그 돈으로 오피스텔을 얻은 것이다.

　동철은 아내가 나가는 모습을 말없이 지켜보았다. 아내가 눈
앞에서 안 보이자 갑자가 눈앞이 캄캄해졌다. 한동안 그는 소
파에 앉은 채 꼼짝도 할 수 없었다. 멍하니 있던 그는 어머니

소리에 벌떡 일어났다. 어머니 방으로 가자 어머니가 실례를 했는지 손으로 아래를 가리켰다. 동철이 어머니의 기저귀를 갈아드리자 어머니가 기분이 좋아졌는지 아기처럼 웃었다.

"어머니, 개운하세요?"

동철의 말에 어머니는 고개를 끄덕였다. 장남은 피보다도 진한 것일까, 다른 사람은 정신이 온전할 때 알아보지만 그 외에는 못 알아본다. 하지만 동철을 언제나 알아본다는 것은 신기하기까지 했다.

치매 환자의 증세는 여러 상태로 나타나는데 물건에 집착하는 환자, 사람에 집착하는 환자, 먹는 것에 집착하는 환자, 물건을 던지고 부수는 난폭성을 띤 환자 등 다양하다. 치매 환자들은 그들만이 보고 느끼는 세상이 따로 있는 듯, 인간의 상식이나 의술로 그들을 이해한다는 것은 불가능하다.

동철은 어머니가 주무시자 거실로 나와 청소를 하는 등 한동안 분주히 움직였다. 이제 밥하고, 청소하고, 빨래하고, 장보고, 어머니 모시고 병원에 가는 것 등 모두를 그가 해야 한다. 움직임을 멈춘 동철은 소파에 앉아 CD를 틀었다가 잠시 후에 껐다. 자신이 좋아하는 캐니 로저스의 노래지만 이상하게 정신이 산만해져서 더 이상 들을 수가 없었다. 동철은 그제야 비로소 실감할 수 있었다. 이 모든 것이 꿈이 아닌 현실이라는 것을.

그 날 밤 12쯤 오빠와 올케언니가 졸혼했다는 소식을 의빈에게 듣고 미국에 사는 동숙이로부터 전화가 왔다. 의빈이가 엄마에게 들었다며 고모한테 엄마가 다시 집에 들어오시게 아버지를 설득해달라고 부탁한 것이다.

동철의 아내는 의빈이와 수빈에게 졸혼 사실을 알렸다. 엄마로부터 얘기를 듣고 의빈은 잠시 동안 어떤 말도 할 수 없었다. 전혀 생각지도 못한 일이기 때문이다. 의빈은 할머니 간병으로 엄마가 무척 힘들어 한다는 걸 잘 알지만, 그렇다고 해서 졸혼까지 하리라고는 생각지 못했다. 의빈은 한 번만 더 다시 생각하면 안 되겠냐고 물었고, 동철의 아내는 이미 끝난 얘기니 더 이상 거론하지 말라고 했다. 의빈은 엄마가 오죽 힘들면 저러실까, 생각하니 더는 어찌 할 수 없어 알겠다고 했다. 그리고 이 사실을 고모와 작은 아빠 동준에게 알렸던 것이다.

"오빠? 오빠가 어떻게 어머니를 간병하려고 그래. 지금이라도 언니 말대로 요양병원에 모셔."

동숙은 전화를 해서는 대뜸 이렇게 말했다.

"그 말은 어디서 들었어?"

"의빈이가 전화해서 알았지."

"의빈이가?"

"응. 왜 억지를 부리고 그래."

"억지라니. 너 무슨 말을 그렇게 해? 너는 그렇게 생각할지 몰라도 나는 절대 그럴 수 없다."

동철은 동숙의 말에 언성을 높여 말했다.

"참 오빠도. 그게 그렇게 화낼 일이야? 나는 언니와 졸혼했다는 게 너무 안 돼 하는 말인데……."

동숙은 동철의 말에 서운한지 울먹이며 말했다. 동철은 자신을 생각해서 한 말에 심했다. 싶어 조금 전과는 달리 차분하게 말했다.

"미안하다. 네 마음을 몰라줘서. 하지만 동숙아, 내 마음이 그러니 나도 어쩌지 못하겠구나. 그러니 너무 마음 아파하지 마. 언니는 어떨지 모르지만 어머니 돌아가시면 다시 합치도록 할게. 내가 잘하면 언니도 돌아 올 거야."

"그래도 이건 아닌 것 같아."

"동숙아, 받아들일 건 받아들이자. 이 일은 내겐 인생의 과제와 같은 거야. 억지로는 안 되는 거야. 그건 언니와 나 사이를 더욱 불행하게 할 수도 있어. 그러니 이해해 다오."

"오빠, 미안해……. 내가 옆에 있다면 교대로 간병해서라도 가슴 아픈 일이 없도록 했을 텐데 그러지 못해서."

동숙은 울면서 말했다. "이 일은 내겐 인생의 과제와 같은 거야."라는 동철의 말은 동숙의 마음을 더욱 아프게 했던 것이다. 동생의 우는 소리에 마음이 착잡한 동철은 달래듯 말했다.

"알아, 네 마음. 그러니 너무 속상해 하지 말거라. 다 잘 될 거야."

"미안해, 오빠."

"그래. 아무 걱정 말고, 건강하게 지내 거라."

"오빠도, 건강 조심하고……."

"그래. 이제 그만 끊자."

동숙과 전화를 끊고 나자 동철의 마음은 더욱 무겁고 아팠지만, 언젠가는 알아야 할 일이라 오히려 잘 됐다고 생각했다.

다음 날은 일요일이지만 동철은 아침 일찍 일어났다. 아내가 하던 일을 자신이 해야겠기에 어머니 식사부터 챙겨야 했다. 어머니는 정해진 시간에 아침을 드셨기 때문이다.

동철은 어머니를 살펴드리기 위해 어머니 방으로 갔다. 어머니는 일어나 앉아계셨다.

"어머니, 일어나셨네요?"

동철의 말에 어머니가 빙그레 웃었다. 동철은 어머니를 모시고 욕실로 가서 세수를 시켜드리고 방으로 모시고 왔다.

"어머니, 얼른 아침 해드릴게요. 잠시만 기다리세요."

"응."

어머니는 동철의 말에 고개를 끄덕이며 대답했다.

동철은 이내 죽을 쑨 뒤 방으로 갖고 가 어머니께 드렸다.

"어머니, 시장하시지요? 어서 드세요."

동철이 어머니 수저에 반찬을 올려드리자 기다렸다는 듯이 입으로 가져갔다. 그는 어머니가 잘 잡수시는 것만으로도 마음이 흡족했다. 어머니는 맛있게 죽 그릇을 비웠다.

"우리 어머니, 참 잘 드시네요."

동철은 이렇게 말하며 어머니 등을 살며시 두드렸다. 잠시후 어머니가 트림을 하자, 그는 어머니를 등받이에 기대게 한 뒤 밖으로 나왔다. 그리고는 자신이 먹을 아침을 준비하였다. 아침을 준비하는 동안에도 어머니 방을 들여다보곤 했다. 아침 준비를 마치고 식사를 하였다. 동철은 식사를 하며 아내는 지금 무얼 할까, 생각하니 아내가 없는 아침이 그렇게도 쓸쓸하고 허전할 수가 없었다. 그는 목이 메어 물을 들이켰다. 물을 마시고 나자 더는 밥을 먹을 수가 없어 반공기도 채 비우지 못하고 식사를 끝냈다. 식사를 끝낸 동철은 어머니 방으로 가서 어머니를 자리에 눕혀드리고 커피를 타 마셨다. 커피를 마시고 나서 그는 머리를 감고 세수를 하였다. 그리고는 청소를 하고 세탁기를 돌리는 등 한동안 분주히 움직였다. 그렇게 시간을 보내고 나자 어느 덧 2시가 되었다.

동철이 어머니를 살펴드리려고 방으로 갔더니 어머니는 주무시고 계셨다. 그는 잠시 어머니를 바라보다, 소파에 앉아 눈을 감은 채 음악을 들었다. 한동안 그렇게 있는데 현관 벨 소리가 나서 보니 둘째 동생 동준이 왔다. 문을 열어주며 동철이 말했다.

"어서 와."

"어머니는요?"

"조금 전에 잠드셨어."

"그래요."

"커피 마실래?"

"아니, 괜찮아요. 저, 형님, 얘기 들었어요."

"무슨 얘기?"

"형님, 형수님이 졸혼했다는……."

동준은 채 말을 잇지 못했다.

"의빈이가 얘기하던?"

"네, 의빈이가 전화를 해서 알았어요."

"그랬구나. 미안하다, 신경 쓰게 해서."

동철은 이렇게 말하며 두 손바닥으로 얼굴을 쓸어내렸다. 졸혼 사유야 어찌됐든 형으로서 동생 보기가 부끄러웠다.

"제가 죄송하지요. 형님 힘든데 도움도 못 되고……."

"그게 무슨 말이야. 다 내가 짊어지고 가야할 일이야. 그러니 그렇게 생각하지 말거라."

"저 그래서 말인데 형님, 지금이라도 형수님 말대로 하는 게 어때요?"

동준은 조심스럽게 말했다.

"그랬을 것 같으면 애초에 그렇게 했지. 내 마음이 허락지 않으니 나로서도 어쩔 도리가 없었단다."

"그럼 형님, 앞으로 어떻게 하시게요?"

"이달 말에 퇴직을 하기로 했어."

동준의 말에 동철이 아무렇지도 않게 말했다.

"퇴직을요?"

"응. 다행히도 어머니가 언제나 나는 알아보시니까 내가 간병하면 모두가 편하잖아. 그리고 수빈이가 내년에 결혼인데, 결혼비용으로도 좀 보태야하고……. 지금에서 말이지만 회사사정도 여의치 않고."

동철은 아무렇지도 않게 말했지만, 동준은 그런 형을 바라보는 것조차 너무 미안했다. 장남이라는 이유로 모든 것을 다 짊어지고 가려는 그에 비해 동생으로서 죄책감이 들었던 것이다. 착잡한 마음에 사로잡힌 동준은 사과라도 하는 양 떨리는 목소리로 말했다.

"형님, 죄송합니다. 형님은 노심초사 하시는데 아무런 도움도 되지 못해서……."

그랬다. 동준은 동철에게 너무 미안하고 죄송했다. 아내만 살아 있으면 자신도 아들로서 동생으로서 도리를 할 텐데 그러지 못하니 그저 죄송할 뿐이었다.

"죄송하게 생각하지 마. 너도 제수 씨 떠나보내고, 힘들게 살고 있잖니? 네가 말 안 해도 너 힘든 거 다 안다."

"형님⋯⋯."

동준은 이렇게 말하며 차마 말을 잇지 못했다. 목이 메었다. 동철의 말이 아내에 대한 그리움으로 하루하루를 살아가는 그의 마음을 흔들어 놓았다. 동준의 눈물에 동철의 눈자위가 붉어졌다.

잠시 침묵이 흐르고, 침묵을 먼저 깬 사람은 동철이었다.

"우리 슬퍼하지 말자. 우리에게 주어진 이 현실을 자연스럽게 받아들이자. 그러면 그 어떤 힘든 일도 아무렇지도 않게 이겨낼 수 있을 거야. 동준아, 우리 그렇게 살자."

동철은 이렇게 말하며 동준의 손을 꼭 잡았다.

"네, 형님."

동준은 동철의 너그러움에 깊은 감동을 받았다. 자신에게 동철과 같은 형이 있다는 게 너무 뿌듯했다. 동준은 자신이라도 시간을 내서 형을 도와야겠다고 생각했다.

저녁을 먹고 가라는 동철의 말에 동준은 약속이 있다며 갔다.

동준이 가고 나서 동철은 어머니 저녁을 챙겨드리고, 김치를 썰어 넣고 두부찌개를 끓였다. 김치두부찌개를 좋아해서일까, 그는 김치두부찌개 만큼은 아내보다도 잘 끓였다.

동철이 저녁을 먹고 나서 어머니를 잠시 돌봐드리고 쉬고 있는데, 현관문 벨소리가 났다. 동철이 벌떡 일어나 인터폰으로 보니 수빈이었다. 동철이 문을 열자 수빈이 방긋 웃으며 말했다.

"아빠, 나 왔어."

"어서와, 아빠 딸. 연락도 없이 어떻게 왔어?"

"그냥, 오고 싶어 왔어."

수빈은 이렇게 말했지만 엄마 아빠 때문에 온 것이다. 딸로서 가만히 있을 수만은 없어서였다.

"그래, 잘 왔어. 저녁은?"

"먹어야지. 아빠는?"

"조금 전에 먹었어. 잠시만 기다려. 저녁 차려줄게."

"내가 차려 먹을게."

수빈이 자리에서 일어났다.

"아빠 딸은 앉아 쉬고 있어. 아빠가 차려줄게."

동철은 수빈을 소파에 앉히고 주방으로 갔다. 앉아 있던 수빈이 일어나더니 할머니 방으로 갔다. 할머니는 주무시고 계셨다.

"아빠, 할머니는 주무시네."

"응. 조금 전에 잠드셨어."

수빈은 다시 소파로 와 앉았다. 그리고 어디론가 카톡을 했다. 잠시 후 카톡이 오자, 또 다시 카톡을 했다. 카톡을 주고받는 사이 식탁이 차려졌다.

"수빈아, 어서 먹어. 배고플 텐데."

"고마워, 아빠."

"고맙긴. 맛이 있을라나 모르겠다."

수빈은 찌개를 떠서 입으로 가져갔다.

"와, 국물 맛이 너무 시원하다."

"그래? 다행이다. 맛이 없으면 어떡하나 했는데."

수빈이는 단숨에 밥 한 공기를 뚝딱 비웠다.

"아빠 딸, 배가 많이 고팠나 보네. 밥 더 줄까?"

"아니, 배불러."

"그럼, 커피 마실래?"

"아빠, 커피는 내가 탈게. 아빠도 마실 거지?"

"아빤 마셨는데, 아빠 딸이 타 준다니까 한 잔 더 마시지
뭐."

동철은 이렇게 말하며 활짝 웃었다. 커피를 타는 수빈을 바
라보는 그의 눈빛은 사랑으로 가득 넘쳤다. 눈에 넣어도 하나
도 안 아플 딸. 그랬다. 그에게 있어 수빈은 눈에 넣어도 하나
도 안 아플 딸이었다.

"아빠, 마셔 봐."

"그럼, 어디 한 번 마셔볼까."

동철은 이렇게 말하며 커피를 마셨다.

"아빠 딸이 타줘서 그런지 참 맛있다."

"정말?"

"응. 내가 마셔 본 커피 중 최고야."

동철이 이렇게 말하고 엄지 척을 하자, 수빈이 활짝 웃었다. 커피를 마시고 교향악단에서 있었던 일들을 이야기하던 수빈이 넌지시 말했다.

"아빠, 엄마랑 졸혼 한 거 후회 안 해?"

"……."

수빈의 말에 동철은 선뜻 말하지 못했다. 조금 전 까지 화기애애하던 분위기는 어디로 가고 짧은 침묵이 흘렀다. 침묵을 깬 건 동철이었다.

"수빈아, 너한테 너무 미안한데, 이게 다 엄마를 위해서야. 너도 잘 알지만, 엄마가 몸도 약한데 3년 동안이나 할머니를 간병하셨잖니. 엄마가 너무 많이 지쳤어. 엄마를 쉬게 해야 되거든."

"엄마가 힘든 거 나도 잘 알아. 그러니까, 아빠가 엄마 말 대로 할머니를 요양병원에 모시면 졸혼 안 해도 됐잖아."

"맞아, 그럼 돼. 그런데 아빠 마음이 허락지 않아. 그래서 아빠가 퇴직해서 할머니 간병하고 엄마의 지친 몸과 마음을 쉬게 해주고 싶어 엄마가 하자는 대로 한 거야. 그리고 할머니가 항상 아빠는 알아보시니까, 아빠가 간병을 해 드리고 싶었고."

"아빠, 아빠 마음은 잘 알아. 하지만 엄마, 아빠가 따로 지낸다는 게 나는 너무 마음이 아파."

수빈은 이렇게 말하며 눈물지었다. 동철은 수빈의 눈물을 보자 마음이 아팠지만, 아픈 마음을 달래며 설득하였다.

"수빈아, 너도 나중에 나이가 들면 아빠 마음을 알게 될 거야. 그리고 엄마와 아빠가 서로 미워해서 따로 지내려고 하는 게 아냐. 지금은 힘들겠지만 나중을 위해서는 이 방법이 엄마나 아빠에게는 최선이 될 수 있어. 그러니 네가 이해해주면 안 되겠니?"

"아빠, 하지만……."

수빈은 더 이상 말을 잇지 못하고 눈물만 흘렸다. 그는 애처로운 마음으로 수빈을 바라보다, 말을 이어나갔다.

"수빈아, 할머니가 사시면 얼마나 사시겠니. 그 때까진 아빠가 간병해 드리고 싶구나. 그리고 엄마는 지친 몸과 마음을 회복해야해. 그렇게 할 수 있도록 너와 오빠가 도와주어야 하지 않겠니? 그리고 분명한 것은 엄마, 아빠는 언제나 너희들의 엄마, 아빠라는 사실은 변함이 없어."

"……."

동철의 말에 수빈은 아무 말도 하지 않은 채 고개를 끄덕였다. 그는 딸의 그런 모습이 너무 마음 아팠지만, 어쩔 수 없는 일이라 그저 미안할 따름이었다. 잠시 후 눈물을 멈춘 수빈이 말했다.

"아빠, 이 사실을 성민 씨에겐 말 안 할래."

성민은 내년에 결혼할 수빈의 남자 친구로 수빈과는 같은 교향악단 단원이다.

"그렇게 해. 조금 전에도 말했지만 엄마와 아빠는 너와 오빠에게는 엄마이고 아빠야. 엄마로서 아빠로서 본분을 다 할 거야. 그러니 다른 걱정일랑은 하지 마."

"그럴게, 아빠."

수빈은 이렇게 말하며 자리에서 일어났다.

"왜, 가려고?"

"응. 엄마한테 잠깐 들렀다, 서울 가야 해."

"오늘은 엄마랑 자고 낼 가지."

"내일 오전에 단원들 미팅 있어 가야 돼."

"그래? 그럼 어서 가. 엄마 너 오나 기다리시겠다."

"아빠, 건강해야 돼?"

"그래. 걱정 하지 마."

"아빠, 갈게."

"그래. 어서 가."

아파트 입구 까지 따라 나온 동철은 수빈이 안 보일 때 까지 서 있다 집으로 들어왔다.

수빈은 엄마와 두 시간 가량 이런저런 얘기를 나누고는 서울로 갔다. 밤 10쯤 수빈에게 잘 도착했다는 카톡이 왔다. 수빈의 카톡을 보자 동철은 또다시 애잔한 마음에 사로잡혔다.

명퇴

애잔한 마음이 쉬 가라앉지 않자 동철은 냉장고에서 캔 맥주
를 꺼내 한 모금을 들이켰다. 순간 그의 몸이 움찔 거렸다. 찬
맥주가 그의 목젖을 강하게 자극했던 것이다.

맥주를 마시고난 뒤 동철은 명퇴를 한다고 생각하니, 지난날
이 파노라마 되어 스쳐 지났다. 대학을 졸업하고 군복무를 마
친 후 그의 나이 스물여섯에 회사에 입사를 해서 지금까지 32
년 동안을 근무해오고 있다.

동철이 입사할 당시 50여 명의 직원에 불과 했던 회사는 7개
의 계열사를 둔 회사로 성장하였다. 서른여덟의 젊은 나이에
아버지를 먼저 떠나보내시고, 사남매를 굶기지 않으려고 난생
처음 화장품 외판을 시작한 어머니의 삶의 무게를 내려놓게 하

고 싶어 그는 누구보다도 열심히 일했다. 그로인해 IMF로 회사가 큰 위기를 맞아 직원 감원을 할 때도 그는 살아남을 수 있었다.

그 후 위기를 극복한 회사는 안정을 찾았고, 발전의 발전을 거듭한 끝에 지금에 이르렀다. 그러는 과정에서 동철은 대리가 되고, 과장, 차장, 부장으로 승진하였다. 8년 전 부장으로 승진한 그는 두 차례나 이사 승진에서 누락되었다. 3년 전엔 사장과 친척관계인 직원에게 밀렸고, 재작년엔 전무의 대학 후배에게 밀렸다. 두 번이나 승진에서 누락된 동철은 배신감을 느껴 회사를 그만 두려고 했지만, 이를 악물고 참았다. 작년엔 회사 사정으로 임원으로 승진한 직원이 한 사람도 없었다. 그리고 올해 들어 구조조정의 일환으로 간부급 사원들에게 명퇴를 종용하며 명퇴 신청을 받았다. 하지만 명퇴 신청자는 예상보다 적었다. 그러자 3개월 전부터 회사는 간부급 사원들을 한 사람씩 대면하며 집중적으로 종용하기 시작했다.

2개월 전 어느 날 상무가 동철을 보자고 했다.

"부르셨습니까? 상무님."

"어서 오게. 내 잠시 보자고 했네. 앉지."

"네."

동철이 자리에 앉자 비서가 차를 내왔다.

"들지."

"네."

상무는 차를 두 모금 마시고 나서 말했다.

"탁 부장, 회사에 입사한지 30년이 넘었지?"

"네, 올해로 32년째입니다."

"아, 그렇게 됐구먼. 그 오랜 세월을 우리 회사와 함께 해왔으니, 젊음을 다 바쳤다 해도 과언이 아니네."

상무는 이렇게 말하며 잠시 무언가를 생각하는 듯 했다. 그러다 마른기침을 하고 나서 입을 열었다.

"이런 말을 해서 좀 그렇지만 명퇴에 대해 어떻게 생각하는가?"

"글쎄요. 깊이 생각해 본 적이 없어서……."

동철은 이렇게 말하며 상무를 바라보았다.

"그렇구먼. 근데 탁 부장은 개인적으로 명퇴를 할 생각은 있나?"

"생각 안 해 봤습니다만, 왜 그걸 제게 물어 보시는지요?"

"그냥 한 번 물어봤네."

상무는 난처한 듯 더듬거리며 말했다.

"상무님, 제게 무슨 하실 말씀이 있으신 것 같은데 전 괜찮으니 주저하지 말고 하세요."

동철이 이렇게 말하자 상무는 헛기침을 하고나서 조심스럽게 입을 열었다.

"탁 부장, 탁 부장이 그렇게 말하니 내 솔직하게 말하지."

"네, 그러시죠."

"지금 회사 사정이 여의치 않아 구조조정의 일환으로 간부급 사원들부터 명퇴 신청을 받는 것 탁 부장도 잘 알 거야. 그런데 지금 명퇴를 신청한 간부급 직원이 별로 없네. 명퇴를 하는 간부급 사원에 대해서는 퇴직금 외에 특별 위로금을 섭섭지 않게 지급할 걸세. 탁 부장 생각은 어떤가?"

"그 말씀은 저 보고 명퇴를 신청하라는 말씀이지요?"

"이런 말을 해서 좀 그랬네만 그렇게 하는 게 어떻겠나?"

동철의 말에 상무는 자신의 의도를 숨기지 않았다. 순간 동철은 기분이 좋지 않았다. 30년 넘게 젊음을 바쳐 온 회사가 어떻게 나에게 이럴 수 있나, 생각하니 화가 치밀어 올랐다. 동철은 자신의 생각을 기탄없이 말했다.

"상무님, 회사 사정이 좋지 않다는 이유로, 30년 넘게 근무한 절 보고 회사를 나갈 달라니, 이건 너무 한 것 아닌가요?"

"탁 부장이 그동안 회사를 위해 열심히 일한 것 다 아네. 그래서 너무 미안하네. 하지만 회사 형편이 어려우니 구조조정은 해야겠고, 그 대상을 간부급 사원으로 한 것뿐이네. 탁 부장이 근무성적이 나빠서도 아니고, 잘못이 있어서도 아니네. 회사를 살려야 하지 않겠나?"

상무는 흥분한 동철의 마음을 달래 듯 차분하게 말했다.

"아무리 그래도 그렇지 이건 너무 섭섭합니다."

"미안하네. 이런 말을 하는 나도 속이 편치 않다네. 충분히 시간을 갖고 생각해 보게. 생각해 보고 결심이 서면 말해주게."

"……."

동철이 말이 없자 상무는 또 다시 말했다.

"탁 부장, 회사의 이번 결정에 대해 당연히 화가 나겠지. 그 마음 나도 잘 알아. 하지만 현실을 직시해야 하네. 특별 위로금도 퇴직금과 같이 지급할 방침이지만, 일이 여의치 않으면 변수가 생길지도 모르네. 이건 내 탁 부장을 위해서 하는 말이니 새겨서 들어주게."

"알았습니다. 생각해보고 가부를 말씀드리겠습니다."

동철은 더 이상 말을 해 봐야 얼굴만 붉힐 것 같아 이렇게 말하고는 자리에서 일어났다.

"탁 부장, 미안하네."

상무는 이렇게 말하며 두 손으로 얼굴을 쓸어내렸다. 그로서도 마음이 편치 않았던 것이다.

사무실로 돌아 온 동철은 일이 손에 잡히지 않아, 마음이 붕 뜬 상태로 그 날 남은 시간을 보냈다.

그 날 이후 동철은 명퇴에 대해 곰곰이 생각해오던 중 어머니를 요양병원에 모시는 문제로 아내와 다툰 후, 명퇴하기로 결정한 것이다.

　동철은 지난날을 생각하자 만감이 교차했다. 그는 얼마동안을 우두커니 앉아있다. 어머니를 살펴드린 후 잠을 청했지만, 쉬 잠이 오지 않아 한참을 뒤척이다가 가까스로 잠이 들었다.

　월요일 아침 동철의 아내는 동철의 출근시간에 맞춰 아파트로 왔다.

"밥은 먹고 출근하는 거야?"

"응. 당신은?"

"먹었어. 어머니 별 일 없으셨어?"

동철의 아내는 시어머니가 걱정되었는지 물었다.

"응. 이틀 동안 잘 지내셨어."

"어머니가 당신 힘들까봐 얌전히 계셨나 보네."

아내의 말에 동철은 말없이 웃으며 자리에서 일어났다.

"그럼, 수고해. 갔다 올게."

　동철은 이렇게 말하고 밖으로 나와 회사로 향했다. 이제 아침에 집을 나서는 일도 이 달로써 끝이구나, 생각하니 기분이 묘했다. 오늘 명퇴를 신청하기로 한 것이다.

　회사에 도착한 동철은 시간 나는 대로 하나씩 하나씩 정리하기 시작했다. 그리고 퇴근 시간 전에 명퇴를 신청할 생각이었다. 분주히 시간을 보내는데 인사부에서 연락이 왔다. 동철은 하던 일을 멈추고 인사부로 갔다.

"어서 오세요."

인사부장이 자리에서 일어나 동철에게 자리를 권했다. 인사부장은 동철보다도 입사 10년 후배다. 그는 명문대를 나와 승승장구하였다. 다음 인사 때 이사로 승진한다는 말이 나돌았다. 동철은 자리에 앉으면서 말했다.

"무슨 일인가? 인사부장이 날 다 보자하고."

동철의 말에 인사부장은 계면쩍게 웃으며 말했다.

"제 입으로 이런 말씀을 드려서 죄송합니다. 저, 부장님은 명퇴 신청을 아직 안하셨는데, 어떻게 하실 건가 뵙자고 했습니다."

"그런가. 그런 일이라면 염려하지 말게. 그러지 않아도 퇴근 전에 명퇴신청을 하려고 했네."

"그러셨군요. 전 그런 줄도 모르고, 죄송합니다."

"인사부장이 죄송할 게 뭔가? 그런 생각 말게. 이달 말로 명퇴처리 해주게."

"알겠습니다."

인사부장은 이렇게 말하며 명퇴신청서를 주었다. 동철은 명퇴신청서를 작성하고 사무실로 돌아왔다. 2달 전 상무와 면담했을 때와는 기분이 사뭇 달랐다. 한 마디로 시원섭섭했다.

동철이 퇴근하고 집에 오자 아내는 어머니에게 드릴 죽을 끓이고 있었다.

"어머니가 힘들게 안 하셨어?"

동철은 걱정이 되어 말했다.

"오늘은 여느 날처럼 심하지 않으셨어."

"그래? 다행이네. 당신 힘들게 할까봐 걱정했는데. 내가 할 테니 당신은 쉬어."

동철은 이렇게 말하며 자신이 죽을 저었다.

"그럼 나 갈게."

"밥 먹고 가지."

"지금 밥 생각 없어."

아내는 이렇게 말하며 현관문을 열고 나갔다.

"수고했어. 잘 가."

아내가 가고 나서 동철은 어머니에게 죽을 갖다드렸다.

"어머니, 어서 드세요."

동철은 어머니에게 수저를 쥐어드렸다.

어머니는 기다렸다는 듯이 죽을 먹었다.

"어머니, 천천히 드세요. 그러다 체하세요."

동철은 어머니가 잘 잡수시는 것만으로도 기분이 좋았다.

어머니는 죽 한 그릇을 말끔히 비웠다.

"우리 어머니, 잘 잡수시네요."

동철의 말을 듣고 어머니가 엷게 웃었다. 그는 어머니 등을 살며시 두드려드렸다.

잠시 후 어머니가 트림을 했다. 어머니는 벽에 기댄 채 천장을 바라보며 알 수 없는 말을 중얼거렸다.

동철은 저녁을 하려고 주방으로 갔다. 가스레인지 위에 있는 냄비 뚜껑을 열자 먹음직스러운 김치두부찌개가 그를 바라보았다. 냉장고 문을 열자, 시금치 무친 것과 게장이 랩으로 포장되어 있었다. 전자레인지를 열어보니, 밥이 포장되어 있었다. 동철이 퇴근해서 곧바로 먹을 수 있게 아내가 해 놓은 것이다.

동철의 가슴이 짠하게 저려왔다. 졸혼을 해서도 자신을 위해 저녁을 준비해 놓다니, 눈물이 핑 돌았다. 잠시 동안 생각에 잠겨 있던 동철은 찌개를 데우고 밥을 데워 게장과 함께 맛있게 먹었다. 식사를 마친 동철은 어머니를 편히 눕게 해드리고 거실로 나왔다.

텔레비전을 켜고 뉴스를 보는데, 현관 벨소리가 났다. 동철이 인터폰 화면으로 보니 동민이었다. 평소에 발걸음이 뜸한 그가 오자 동철은 무슨 일인가 하여 걱정이 되었다. 꼭 일이 있을 때만 발걸음을 하는 동생이기 때문이다. 동철이 문을 열자 성큼 안으로 들어오며 말했다.

"형님, 저 왔습니다."

"어서 오너라."

동철은 이렇게 말하며 소파로 가서 앉았다.

"어머니는요?"

"조금 전에 잠 드셨다."

"그래요."

"저녁은?"

"먹었어요."

동민이 자리에 앉으며 말했다.

"무슨 일 있니?"

"아니요. 찾아 뵌 지도 오래 되고 해서 왔습니다."

"별일은 없고?"

"네."

대답하고 나서 잠시 주저하더니 동민이 말했다.

"형수님은 따로 나가서 지내신다면서요?"

"누구한테 들었어?"

"누님이 전화를 해서 알았어요."

"동숙이는 굳이 안 해도 될 말을 했구나."

동철은 이렇게 말하며 씁쓸한 표정을 지었다.

"저, 형수님께 실망했어요."

"실망했다니 그게 무슨 말이야?"

동철은 느닷없는 동민의 말에 언성을 높여 말했다. 그 바람에 동민은 아무 말도 못하고 가만히 있었다.

"……."

"네 형수는 아무 잘못도 없다. 그러니 실망했다느니 하는 따위의 말은 아예 입 밖에도 내지마라."

"어머니와 형님을 두고 나가셨으니 하는 말이지요."

"네 형수는 약한 몸으로 최선을 다했다. 네 형수는 지금 안식이 필요해. 그러니까 그 일에 대해서는 더는 말하지 말거라."

"하지만, 이건……."

"더는 말 말랬지? 너도 자식으로서 도리를 다하지 못하면서 네가 어떻게 형수한테 실망을 했다는 말을 할 수 있니."

"저도 잘한 거는 없지만, 너무 속상해서 그래요."

"그걸 알면 너도 제수씨도 자식으로서 할 도리를 해야지. 너희는 안하면서 무슨 자격으로 그런 말을 해!"

"……."

동철의 말에 동민은 아무 말도 못했다. 평소의 형과는 달리 엄중했기 때문이다. 그랬다. 동철은 동민이나 제수씨가 도리를 모르고 분수없이 행동해도 너그럽게 대해주었다. 어렸을 때부터 막내라서 감싸주고 방패막이가 되어주었던 그였다.

그런데 형수한테 실망했다는 말엔 노기를 띠었던 것이다.

"앞으로 두 번 다시는 네 형수에 대해 그렇게 말하지 말거라. 너는 형수의 은혜를 많이 입었잖니. 은혜는 못 갚을망정 배은 망덕은 하지 말아야 한다."

동철의 아내는 누구보다도 막내인 동민을 아꼈다. 동민이 제대 후 복학해서 졸업할 때 까지 세 번의 등록금을 내 주었다. 졸업 후 취업할 때 까지 다달이 용돈은 물론 필요할 때마다 뒤를 봐주었다. 동철이 몰래 해준 돈도 적지 않다.

그런데 취직해서 월급타서는 선물하나 하지 않았다. 결혼 후에는 처자식만 알고 아내에게 쥐어 잡혀 집엔 명절 때와 집안 행사 때나 들렀다. 하지만 어머니도 동철도 세태가 세태니 만큼 자기들 끼리 잘 사는 것만도 고마운 일이라며 야단 한 번 치지 않았다. 그랬더니 가뜩이나 이기적인 성향의 성격이 가면 갈수록 더 이기적으로 변하고 말았다.

"죄송해요, 형님."

동철의 결연한 말에 동민은 죄송하다고 말하고 더는 아무 말도 하지 않았다.

"알면 됐다."

"형님, 저 그만 가 볼게요. 어머니가 주무셔서 뵙지도 못하고, 조만간 찾아뵐게요."

동민이 자리에서 일어나며 말했다.

"그렇게 해."

동철은 동민이 가고 나서 맘이 편치 않았다. 쉰 살이 되어서도 철부지 같은 막내가 괘씸하면서도 야단쳐서 보낸 게 맘에 걸렸던 것이다.

그에게 장남이란 그런 것이었다. 잘해도 표도 안 나고, 잘못한 것은 금방 표가 나는 게 장남이라는 것을 무슨 숙명처럼 생각했던 것이다.

동철이 출근할 때 아내가 집에 오고, 그가 퇴근하면 아내가 가는 생활도 오늘 하루면 끝이다. 동철은 마지막 출근을 하면서 아내가 집을 나가고 나서 보름 넘도록 이어오던 일이 오늘로써 끝이다, 생각하니 손에 쥐고 있는 무언가가 빠져 나가는 기분이 들었다.

동철은 회사로 가는 동안 수없이 오가던 길을 마치 마음에 담아두기라도 하는 듯 바라보고 또 바라보았다. 그 길에는 그의 젊은 시절이 고스란히 담겨 있었다.

순간 동철의 눈앞이 희뿌옇게 흐려졌다. 그의 눈에 물기가 어렸던 것이다. 그는 길가에 차를 세우고, 휴지를 꺼내 눈물을 닦았다. 하지만 눈물은 쉬 멈추지 않았다. 얼마동안을 그렇게 있던 동철은 마음을 가다듬고 회사로 향했다.

회사에 도착해 사무실 문을 열고 들어가니, 직원들이 시무룩한 모습을 하고 있었다.

"다들 왜 그렇게 기운이 없어? 난 괜찮아. 떠날 때가 되면 떠나는 것은 당연한 일이지. 난 이렇게 나가지만, 자네들은 다들 정년퇴임하길 바라네."

동철은 이렇게 말하며 직원들의 손을 일일이 잡아주었다.

"부장님, 그동안 수고 많으셨습니다. 건강하십시오."

김학철 차장이 관리부 직원들을 대표해서 말했다.

"고맙네. 김 차장, 직원들 잘 부탁하네."

"네, 부장님."

직원들과 인사를 마친 동철은 자리에 앉아 미처 정리하지 못한 것이 있는지 살펴보았다.

10시에 강당에서 명퇴직원들의 퇴임식이 있어 동철과 몇몇 직원들은 강당으로 갔다. 강당엔 명퇴직원들과 각 부서마다 서너 명씩 부서를 대표해서 직원들이 모여들고 있었다. 동철은 명퇴직원석에 앉았다. 명퇴직원은 모두 50명이었다.

사장이 강당에 입장해 자리에 앉자 곧바로 퇴임식이 시작되었다. 사장은 인사말을 통해 회사 형편상 명예퇴임을 하게 해서 미안하다는 말과 함께 퇴임하는 모든 분들에게 행운이 함께하길 바란다고 말했다. 사장의 인사말에 이어 식순에 따라 식이 진행되었고, 퇴직자에게 감사패 수여식과 기념품 전달이 있은 후 퇴임식은 끝이 났다.

동철은 지나온 지난 시절이 한여름 밤의 꿈만 같았다. 허무했다. 뭉클한 가슴을 쓸어안고 회사를 나오는 데 최종국으로부터 전화가 왔다. 오늘 친구들이 자리를 마련했으니 〈벤허〉로 7시 까지 오라고 했다. 동철은 알았다고 말한 후 곧바로 집으로 갔다.

동철이 문을 열고 들어가니 거실에서 아내가 어머니와 마주 앉아 이야기를 하고 있었다. 아내가 일방적으로 하는 말이지만 어머니는 컨디션이 좋을 땐 가만히 듣고 있다, 웃기도 하고 당신이 원하는 것을 요구하기도 했다.

"우리 어머니 오늘 너무 예쁘시네요."

동철은 이렇게 말하며 어머니의 두 손을 잡았다. 어머니도 기분이 좋은지 손을 빼 동철의 얼굴을 쓰다듬었다.

"우리 어머니 손길이 참 부드럽고 따뜻하네요."

동철의 말에 어머니는 환하게 웃었다. 얼마를 그렇게 있던 어머니가 자리에 눕고 싶다고 해서 동철은 어머니를 방으로 모시고 가 눕혀드리고 거실로 나왔다.

"당신 그동안 수고 많았어."

"고마워."

동철은 아내의 수고 많았어, 라는 말에 가슴이 뭉클했다. 졸혼은 했다지만, 그 말 한마디에 우울했던 마음이 풀어지는 기분을 느꼈다.

"당신 오늘밤만 어머니 부탁해도 될까? 친구들이 자리를 마련했대. 안 되면 동준이에게 지금 연락하려고."

"나 저녁에 선약이 있는데."

"그래? 그럼 동준이 한테 부탁할게."

동철은 동준이에게 전화를 해 어머니를 부탁했다. 동철은 지금은 그렇고 할 말이 있으니 내일 오후에 집으로 와 달라고 아내에게 말했다. 아내는 그러겠다고 말한 후 현관문을 나섰다.

　아내가 가는 모습을 베란다에서 바라보는 동철의 눈가가 파르르 떨렸다. 그는 아내가 안 보일 때 까지 그 자리에 서 있었다.

58년생 개띠들의
고군분투기

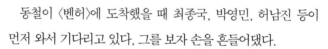

　동철이 〈벤허〉에 도착했을 때 최종국, 박영민, 허남진 등이 먼저 와서 기다리고 있다. 그를 보자 손을 흔들어댔다.

　"먼저들 와 있었네."

　동철은 이렇게 말하며 친구들과 악수를 나눈 뒤 자리에 앉았다.

　"명퇴를 했으니 축하한다는 말은 그렇고 동철아, 그동안 수고 많았다."

　종국은 이렇게 말하며 동철의 손을 꼭 잡았다. 영민도 남진도 수고 많았다며 거들었다.

　"고맙다. 이렇게 나를 위해 자리를 마련해 줘서."

　"고맙긴. 더 좋은 곳으로 자리를 마련하지 못해 미안하다."

"그게 무슨 말이야. 나는 여기가 편하고 좋아."

영민의 말에 동철이 웃으며 말했다.

"오늘 우리 기분 좋게 마셔보자."

남진의 말에 다들 "좋지."하고 맞장구를 쳤다.

그들의 단골 술집인 〈벤허〉는 이른 시각인데도 드문드문 빈
자리가 있을 뿐 손님들로 가득했다. 술집이름치고는 〈벤허〉
가 어울리지 않지만 술집 사장이 〈벤허〉를 너무 좋아해서 상호
로 쓴다고 말했었다. 이 술집 사장도 58년 개띠라고 했다. 사업
을 하다 두 번이나 실패를 했다고 했다. 그 바람에 아내에게 이
혼 당하고 5년 동안이나 붕어빵 장사에 피자 배달에 대리운전
에 닥치는 대로 일했다고 한다. 그렇게 악착같이 돈을 모아 실
내 포장마차를 했는데 다행히도 찾는 손님들이 많아 포장마차
2년 만에 지금의 〈벤허〉를 개업했다고 했다. 그는 안주 만드는
솜씨가 보통이 아니다. 특히, 그가 만드는 낚지 복음은 별미 중
에 별미였다. 그리고 부대찌개 또한 국물 맛이 일품이다. 처음
엔 식당을 차릴까하다, 혼자하기엔 너무 벅찰 것 같아 혼자서
도 할 수 있는 술집을 차렸다고 했다.

동철이 일행이 있는 곳으로 사장이 왔다.

"오셨습니까? 이처럼 네 분이 한자리에 모인 건 오랜 만이지
요?"

"네. 다들 사는 게 바쁘다 보니 나이가 들수록 더 모이기가

힘드네요."

그의 말에 동철이 엷게 웃으며 말했다.

"그러게요. 점점 살기가 왜 이처럼 빡빡한지."

그는 이렇게 말하며 손으로 뒤통수를 긁적였다.

"저, 사장님, 부대찌개하고, 낙지 볶음 특대로 하나 해 주세요."

"알았습니다. 오랜만에 다들 모이셨는데 오늘은 제가 특별히 모시겠습니다."

종국의 주문에 그가 이렇게 말하자 다들 "그럼, 우리야 좋지요."하고 이구동성으로 말해 한바탕 크게 웃었다. 그가 주방으로 가고 나서 영민이 말했다.

"동철아, 너만은 잘 살기를 바랐는데, 너무 마음이 아프다."

영민은 이렇게 말하며 손바닥으로 눈언저리를 쓸어내렸다. 명퇴를 하고 졸혼을 한 그가 너무 안쓰러워 눈물이 핑 돌았던 것이다.

"마음 써줘서 고맙다. 이것도 다 내게 주어진 삶의 과제가 아니겠니. 그렇다면 자연스럽게 받아들여야지. 그러니 너무 마음 아파하지 마."

"그래, 동철이 말이 맞아. 동철아, 우리 담담하게 살자. 그게 너나나나 우리가 해야 할 일이 아니겠니?"

남진은 이렇게 말하며 목이 마른지 물을 들이켰다. 그들은

58년 개띠로 저마다의 사연들이 있었다.

    최종국은 동철과는 초중시절을 같은 학교에서 보냈던 둘도 없는 죽마고우다. 그는 집이 가난해 일곱 살 때 큰집에 양자로 갔다. 큰집은 잡화상을 해 밥술이나 먹었지만 슬하에 딸만 넷을 두었다. 반면에 종국이 부모는 오남매를 두었는데 아들이 넷, 딸이 하나였다. 종국은 그 중 둘째로 야무지고 똑똑해 큰아버지의 사랑을 독차지 했다. 큰아버지는 집에 올 때면 먹을 거며 입을 것을 사와도 종국의 것은 더 특별해서 형제들의 시샘을 사곤 했다.

    그러던 어느 날 종국의 큰아버지가 동생인 종국이 아버지와 긴한 이야기를 나눴다. 종국을 자신의 양자로 달라고 했다. 종국을 양자로 주면 대학도 보내주겠다고 했다. 그리고 땅 열 마지기를 사 주겠다고 했다. 종국의 아버지는 큰집으로 보내면 잘 먹고, 학교도 대학까지 보내준다고 하니 아들을 양자로 주는 것은 마음 아프지만, 종국의 장래를 생각하면 좋은 일이라 싶어 아내와 상의 후에 큰집에 양자로 보냈다.

    어린 종국은 하루아침에 달라진 집안 분위기에 어리둥절하면서도 지금껏 먹어보지 못한 맛있는 반찬에, 좋은 옷에 그리고 큰아버지와 큰엄마 사랑까지 듬뿍 받으니, 하루하루가 신나고 즐거웠다.

종국은 초등학교를 마치고, 중학교 2학년 까지는 남부럽지 않게 보냈다. 그러나 중학교 3학년 때 큰아버지가 친구에게 보증을 서준 게 잘못돼, 하루아침에 가게를 빼앗기고 말았다. 방 두 개짜리를 얻어 이사하고 나서 열흘 째 되던 날 큰아버지는 충격을 이기지 못하고 심장마비를 일으켜 죽고 말았다. 종국의 큰어머니가 식당 일을 하며 근근이 생활을 이어나갔고, 서울에서 공장에 다니는 네 명의 누나들이 모아서 보내주는 돈으로 종국은 중학교를 마치고 공업고등학교에 들어가서 졸업할 수 있었다. 누나들은 인문계를 가서 대학을 다니라고 했지만 종국은 자신이 빨리 돈을 벌어야 한다며 스스로 택한 일이었다.

고등학교 졸업 후 전기회사에 취직해 열심히 일하며 큰어머니를 모셨다. 그는 직장 생활 10년 만에 회사를 퇴직하고 자신의 회사를 차렸다. 말이 회사지 직원 둘을 둔 구멍가게나 다름없었다. 하지만 그는 밤낮으로 열심히 일했다. 다행히 회사는 날이 갈수록 잘 되었고, 중소기업을 지원하는 정부의 정책에 따라 융자를 받아 공장을 지었다. 직원도 50여 명이나 되는 탄탄한 중소기업의 사장이 된 것이다. 그러나 5년 전 그러니까, 그의 나이 쉰 셋 되던 해 부도를 맞고 파산하고 말았다.

실의에 찬 그가 한동안 술에 젖어 지내자 그의 아내가 그에게 모질게 퍼부어댔다.

"당신 지금 뭐하자는 거야. 어떻게 살 건지 대책은 안 세우고 매일 술만 퍼마시고. 당신 정신이 있는 사람이야!"

"너무 그러지 마. 나도 미치겠다고. 부탁인데, 당분간 날 좀
그냥 내버려두면 안 돼?"

"집안 꼴을 이 지경으로 만들어 놓고 그런 말이 나와."

"나에게도 생각할 시간이 필요해. 그러니 못 본 척 해 줘."

"생각 두 번 했다가는 지구가 꺼져버리겠네."

종국의 아내는 그를 위로 해줄 생각은 않고 가뜩이나 힘든
그를 궁지로 몰아넣었다. 거기다 혼사를 앞두고 있던 그의 막
내딸은 그를 더 비참하게 만들었다. 종국이 부도가 나자 남자
집에서 일방적으로 혼사를 깨버린 것이다.

"아빠가 내 인생을 살아줄 것도 아니면서, 어떻게 딸 결혼
식을 망쳐놓을 수가 있어. 그래놓고 어떻게 아빠라고 할 수 있
어. 나 다시는 아빠 안 볼 거야. 그러니 아빠도 날 볼 생각 하지
마."

막내딸은 아빠 때문에 결혼을 못하게 되었다고 그의 가슴에
마구 못질을 해대었다. 아내가 할 말 못 할 말 할 땐 그러려니
했지만, 자신이 너무도 아끼는 막내딸의 말에 그의 가슴이 갈
기갈기 찢어지고 말았다. 그는 그 길로 나와 나흘 동안을 발길
닿는 대로 떠돌았다.

그는 아무도 없는 속초바닷가에서 대성통곡을 했다. 순간 바
다에 몸을 던질까도 생각했지만, 그러면 막내딸에게 씻을 수

없는 상처를 줄 것만 같아 참고 또 참았다.

종국이 집으로 돌아왔을 때 그를 기다리는 것은 이혼이었다. 그의 아내는 이혼을 요구했다. 그는 한 달을 버티다 "나는 당신이란 사람, 그림자만 봐도 구역질이 나. 내가 구정물 통에 나뒹구는 기분이야. 한시도 당신을 보지 않는 게 지금 내게 있어 유일한 희망이야."라는 아내의 말에 더는 버티지 못하고 이혼 서류에 도장을 찍고 말았다. 아내의 말은 그의 가슴에 지울 수 없는 깊은 상처를 남기고 말았다.

종국은 아내와 자식에게 버림을 받고 아파트 관리소 직원으로 일하며 혼자 지내고 있다.

박영민은 어린 시절 비교적 풍족하게 지냈다. 그의 아버지는 방앗간을 했는데 동네에서 제일 잘 살았다. 영민의 부모는 외아들인 그를 끔찍이도 아껴, 그 당시 귀했던 바나나며 파인애플이 떨어지는 날이 없었다. 옷도 늘 좋은 옷만 입었고, 장난감도 없는 게 없었다. 그의 주변엔 늘 친구들로 들썩였는데, 그가 자기 맘에 드는 아이에게는 장난감도 주고, 바나나와 파인애플도 주었기 때문이다. 그러다보니 그는 힘도 없으면서 언제나 아이들의 대장처럼 굴었다. 그는 중학교와 고등학교를 서울서 다녔다. 아이들은 그런 영민을 부러워하였다.

그런데 그의 아버지가 나이 어린 술집여자에게 빠져 방앗간과 논이며 밭을 탕진하고 말았다. 여자는 온갖 아양과 사탕발림으로 그의 아버지 재산을 손에 넣고는 어느 날 갑자기 종적을 감추었다. 영민의 아버지는 여자를 찾으러 전국을 헤맸지만 여자를 찾을 수 없자, 심한 스트레스와 우울증에 빠져 쓰러지고 말았다. 그리고 보름 째 되던 날 세상을 떠나고 말았다.

영민은 집이 어려워지자 대학을 포기하고, 성수동에 있는 가방을 수출하는 회사에 취직하였다. 그리고 20년 이상을 근무하다. 원주로 내려와 가방가게를 차렸다. 그러나 친척의 꼬임에 빠져 가게를 날리고 말았다.

그 후 그의 아내가 시장에서 조그만 식당을 했는데 음식 솜씨가 좋고 장사수완이 좋아 장사한지 3년 만에 삼겹살 전문식당을 냈다. 그리고 고기 집 5년 만에 5층 빌딩을 샀다. 그리고 45평 아파트에서 산다. 외형적으로는 영민이 가장 잘 나가는 것 같지만 실상은 그렇지 않다. 영민의 아내는 그를 마치 종업원 다루듯 했다. 그는 성품이 유한 편인데 하도 아내가 남편 대접을 안 해주다 보니 스트레스가 쌓여 엇나가기 시작했다. 그는 아내 몰래 빚을 내어 카지노에 들락거리다 아내에게 들키는가 하면, 지인에게 보증을 서준 게 잘못 돼 수천만 원을 날리는 바람에 아내 눈 밖에 완전히 나고 말았다.

그 일이 있고부터 영민에 대한 아내의 말과 행동은 더욱 그를 비참하게 했다. 그를 밥이나 축내는 밥버러지라고 무시하는

가 하면, 잠자리 할 때도 아내에게 주눅이 들다보니 심리적 압박감으로 잘 되지 않았다. 그러면 온갖 말로 그를 비참하게 만들었다.

"뭐 하나 제대로 하는 게 있어야지. 맘에 들게 식당일을 할 줄 아나, 그걸 제대로 하나, 당신이라는 사람은 아무 짝에도 쓸모가 없는 인간이야. 내가 당신을 보면 속이 터져. 그러니 내 눈 앞에서 얼쩡대지 좀 마."

어느 날 잠자리를 하다 만족스럽지 못하자 그의 아내가 쏟아 낸 말이다. 그날 이후 잠자리도 하지 않았다. 완전히 영민을 잉여인간 취급을 했다. 그리고 언제부턴가 자신보다도 열 살이나 아래인 남자와 애정행각을 벌였다. 그 남자는 식당 단골손님이었는데 눈이 맞은 것이다.

어느 날 우연히 그의 아내와 젊은 남자가 모텔에 들어가는 것을 보게 된 이웃이 그에게 그 사실을 알려주었다. 그러지 않아도 식당이 쉬는 날은 아침 일찍부터 어딜 가는지 분주히 나돌더니, 아마도 남자를 만나기 위해서였는가 보다는 생각이 들었다. 그러자 영민은 자신이 직접 눈으로 확인 해야겠다고 생각했다.

그러던 어느 날 그는 아내가 남자와 모텔에 들어가는 것을 보게 되었고 그 일로 따지다 대판 싸우기도 했지만, 빈주먹으로 쫓겨나고 싶지 않으면 '닥치고 쥐 죽은 듯'이라는 아내의

말 한마디에 식당 허드렛일을 하며 있는 듯 없는 듯 지내오고
있다.

　허남진은 어린 시절 보통 가정에서 자랐다. 그의 아버지는
회사원이었고 그의 어머니는 우체국직원이었다. 남진이 위로
는 형과 누나가 한명씩 있었다. 형과 남진과의 나이 차는 열 살
이 났고 누나와는 일곱 살 차이가 나다보니 그가 학교에서 돌
아왔을 땐 언제나 혼자였다. 남진의 어머니는 그런 아들을 위
해 항상 군것질 거리를 준비해 두었다. 그가 친구들을 집에 불
러들여 숙제도 하고 놀기도 하라는 생각에서였다. 그래서 자칫
외로움으로 인해 소극적이고 독선적으로 빠질 수도 있는 그를
활기찬 아이로 자라게 했다. 그의 어린 시절은 그들 네 명 중
제일 자유분방하고 언제나 생기가 넘쳤다.
　부유하지는 않았지만 보통의 가정에서 보통의 아이들이 그
랬듯이 남진은 평범하지만 행복한 유년을 보냈다. 중고등학교
에 다닐 때도 유년시절과 별반 다르지 않았다. 남진은 대학을
다니는 동안 그 흔한 시위에도 한 번 참여한 적이 없고, 자신이
좋아하는 취미생활을 하며 무난하게 보냈다. 그래서 학교친구
들에게 종종 눈총을 사기도 했지만, 그것은 어디 까지나 그가
선택한 문제였던 것이다.
　대학을 졸업한 남진은 은행에 시험을 보았지만, 두 번 떨어

지고 세 번 만에 합격하였다. 은행원이 된 그는 은행에 잘 적응하여 무난한 직장 생활을 해 나갔다. 그는 서른 셋 되던 해 그보다 다섯 살 아래인 유치원교사와 결혼을 하였다.

결혼 생활도 별 탈 없이 잘 해나갔다. 성격이 모나지 않은 남진은 약간 까탈스러운 아내의 비위를 잘 맞춰주었다. 25년을 별일 없이 직장생활을 하던 남진은 쉰두 살 때 부하직원의 실수로 인해 권고사직을 받았다. 그나마 그에게는 다행스러운 일이었다. 그 일로 그는 은행을 그만 두었다.

그 후 한동안 마음의 갈피를 잡지 못하고 방황하던 남진에게 "여보, 지나간 일은 잊어버려. 지금이 중요하지 과거가 중요한 건 아니잖아. 내가 일을 하니 밥은 먹을 수 있으니까, 무엇이든 해봐. 당신이 그러고 있는 것 더는 못 보겠어."라는 아내의 말에 용기를 내 퇴직금으로 편의점을 차렸다. 아르바이트생을 두고 남진 자신이 교대로 운영하였다. 몸은 비록 피곤했지만 그런대로 할만 했다. 그렇게 2년을 잘 하나싶더니 우후죽순처럼 편의점이 생기는 바람에 매출이 점점 떨어지기 시작했다. 아르바이트생을 두고 하기엔 수지가 맞지 않고, 혼자하기에도 무리가 있어 손해를 감수하고 폐업하였다.

은행에서 잔뼈가 굵은 그가 새마을 금고나, 신협에 이력서를 내도 번번이 퇴짜를 맞았다. 권고사직을 받았다는 이유에서였다. 권고사직이라는 주홍글씨가 그의 이력에 붙다보니 경력을 살려 할 수 있는 일이란 없었다.

남진은 시청에서 주관하는 미취업자를 위한 구인행사에 이력서를 제출하였지만, 그를 채용하겠다는 곳은 없었다.

그러던 어느 날 연락이 왔다. 의료기기 회사였다. 경비직으로 일할 의향이 있으면 방문해달고 했다. 그는 지체 없이 의료기기 회사로 달려갔다. 면접을 본 후 경비직으로 채용되어 2년째 근무하고 있다.

남진의 형편은 친구들 중 가장 괜찮은 편이다. 무엇보다도 그의 아내는 다른 친구들 아내와는 달리 변함없이 그에게 애정으로 대했다. 남진은 요즘 같은 세태에서 자신은 행운아라고 말하곤 했다.

동철의 일행이 이런저런 얘기를 나누는데 사장이 부대찌개하고, 낙지 복음을 가지고 왔다.

"자, 마음은 좀 꿀꿀하지만 기분 좋게 마시자."

종국은 이렇게 말하며 친구들의 잔에 소주를 따랐다. 그리고 소리 높여 말했다.

"자, 동철이의 빛나는 내일과 우리 모두를 위해 건배!"

종국의 건배사에 따라 다같이 "건배!"를 크게 외쳤다. 동철은 술이 목구멍을 타고 넘어가자 조금 전까지만 해도 우울하던 마음이 밝아지는 것을 느꼈다.

"다시 말하지만 고맙다. 너희들이 있어 참 좋다."

"그래? 우리 즐겁게 마시고 그동안 쌓인 스트레스를 확 풀어버리자."

영민은 이렇게 말하며 단숨에 술잔을 비웠다.

쉴 새 없이 술잔이 오고갔다. 다들 취기가 도는지 얼굴이 발개지고 기분 좋은 표정을 지었다.

종국이 입을 열었다.

"아파트 관리소 직원으로 일한지 4년 째 되지만, 요즘 같아서는 이 짓도 더러워서 못해 먹겠어."

"왜? 무슨 일 있어?"

동철이 술을 마시다 말고 말했다.

"일주일 전에 입주민한테 연락이 와서 갔더니, 화장실 환풍기가 고장이 났으니 새것으로 갈아달라는 거야. 그래서 새것 사온 거 있냐고 물었더니, 날 보고 사다 해달라는 거야. 그래서 교체해주는 것은 관리소 일이라 얼마든지 해줄 수 있지만, 부품 같은 소모품은 입주민이 직접 사야한다고 말했어. 그랬더니, 사 가지고 와서 하면 되지 무슨 말이 그렇게 많으냐는 거야. 하도 어의가 없어 그러거나 말거나 직접 사가지고 오라고 했지. 그랬더니 화를 내며 관리소장에게 말해 나를 자르게 하겠다고 하는 거야. 그래서 그렇게 하라고 말하고는 관리소로 왔어. 얼마 후 입주민은 관리소로 찾아와서는 내가 있는데도 소장한테 나를 자르라고 생떼를 쓰더라고."

종국은 그 때 일이 생각나는지 주먹을 부르르 떨더니 물 한 잔을 들이 키고 나서 말했다.

"그러니까 소장이 최 과장이 한 말이 맞다며, 소모품을 사가지고 오면 갈아주겠다고 했지. 그랬더니 소장도 한 통속이라며 길길이 날뛰더라고. 그러거나 말거나 모두들 대꾸를 않으니 가더라고. 그리고 이틀 후 연락을 해서는 환풍기를 사가지고 왔으니까, 날 보고 와서 갈아달라는 거야. 그래서 갈아주었지. 그런데도 수고했다거나 지난번에 미안했다는 말 한마디 없는 거야. 관리소에서 일을 하다 보니 별의 별 사람들이 다 있어. 한마디로 갑질이 보통이 아니야."

"좋은 사람들도 많지만, 돼먹지 않은 것들은 정말 구제 불능이야. 그러니 어떡하겠니. 네가 살려면 눈 꼭 감고 무시해 버려."

영민은 이렇게 말하며 한숨을 쉬더니, 술을 들이 키고 나서 말했다.

"종국이 입장에서 보면 참 억울하고 화나는 일이지. 그런데 나에 비하면 아무것도 아냐. 나야말로 당장 집을 뛰쳐나오고 싶다."

"무슨 일 있었어?"

남진은 찌개 국물을 떠먹고 나서 근심스러운 표정으로 말했다. 그의 형편에 대해 너무도 잘 아는 까닭이다.

"요즘은 아예 대놓고 보라는 듯이 내 앞에서 그 남자와 수작을 부린다니까. 그래도 전에는 나 모르게 만나더니 이제는 내가 있는데도 버젓이 식당을 드나들고, 식당이 쉬는 날은 집 앞에서 대기 하고 있다 집사람을 태우고 가는 거야. 하루 종일 무얼 하는지 아침에 나가면 새벽에 들어오기 일쑤야. 어떤 때는 아예 자고 들어오는 날도 있어. 그런데도 말 한마디 못하는 내가 죽고 싶도록 밉다. 어떻게 하면 좋을지 요즘 들어 생각이 많아."

영민은 얘기를 하면서도 분노가 치미는지 그의 눈까풀이 파르르 떨렸다. 그는 깊은 한숨을 내 쉬었다.

"영민아, 네 마음이 어떤지 말 안 해도 안다. 네가 헤어지지 않는 한 그 일은 계속 될 건데, 지금껏 참고 왔으니 참아야 하지 않겠니."

남진은 이렇게 말하며 영민의 술잔에 술을 따라주었다. 영민은 단숨에 잔을 비우고는 또 다시 말을 이었다.

"너희들이 흉허물 없는 친구지만 이 말은 차마 할 수가 없어 못했는데, 며칠 전에 나보고 그러더라. 자기가 돈을 해 줄 테니까, 나가살면 어떻겠냐고 하더라. 그런데도 말 한마디 못하고 있으니, 당신이란 남자 참 한심하다 못해 구역질이 난다고 하더군. 그리고는 자기가 한 말에 대해 생각해보고 결심이 서면 언제든지 말하래. 그러면 원하는 대로 해주겠다고."

영민은 이렇게 말하고 나서는 취기가 도는지, 갑자기 흐느끼기 시작했다. 어린 시절 외아들로 남부럽지 않게 살던 그가 지금처럼 살게 될 줄은 친구들 그 누구도 생각지 못했다. 그런데 그런 영민이 그것도 아내라는 사람에게 온갖 수모를 겪는다고 생각하니 동철은 그가 한없이 불쌍해서 그의 등을 두드리며 말했다.

"영민아. 울고 싶으면 울어. 우리 앞에서라도 울지 않으면 새까맣게 탄 그 속을 어떻게 감당하겠니."

동철의 말에 그는 더 크게 흐느꼈다. 여기저기서 사람들이 쳐다봤지만, 그들은 전혀 개의치 않았다. 우는 그를 말없이 바라보던 동철의 눈에서도, 종국과 남진의 눈에서도 눈물이 주르르 흘러내렸다.

〈벤허〉 사장이 그 모습을 보고는 음악의 볼륨을 높였다. 그들을 위한 배려에서였다. 한동안 그들은 말없이 울기만 했다. 음악소리가 크다는 것이 남의 눈치 보지 않고 우는데도 도움이 된다는 사실을 그들은 각자가 느끼는 듯 했다. 그러기를 얼마후 울음을 그친 영민이 말했다.

"미안하다. 나 때문에 너희들 술 맛 잃게 해서."

"그게 무슨 말이야. 네 마음이나 우리 마음이나 다 같은데……."

동철은 이렇게 말하며 영민을 안아주었다.

"술하고 안주 좀 더 시켜야겠다."

남진이 사장을 불렀다. 사장이 쏜살 같이 달려왔다.

"사장님, 우리 부대찌개 작은 걸로 하나 더 해주시고요, 소주도 세 병 갖다 주세요. 그리고 보이지 말아야 할 것을 보여 죄송합니다."

"아닙니다. 다 이해 합니다. 그러니 마음이 풀릴 때까지 편히 시간 가지세요."

사장은 이렇게 말하고는 주방으로 갔다. 그 사이 손님들이 많이 빠져 나가 동철의 일행과 두 테이블에만 사람이 있었다.

"남진아, 너는 요즘 어때?"

종국이 술잔을 비우며 말했다.

"나는 항상 똑같이 뭐."

남진은 엷게 미소 지며 말했다.

"넌 우리에 비하면 대단한 행운아다. 제수 씨 사람 좋아 너를 끔찍이 여기잖아. 네가 편의점으로 인해 많은 손실을 입어서도 화 한번 내지 않은 걸 생각하면 너 제수 씨 평생 업고 다녀야 해."

이렇게 말하는 종국의 얼굴엔 깊이 드리워진 우울이 그대로 드러났다. 마치 '나는 네가 부럽다. 그런데 나는 이게 뭐냐.' 하는 듯한 표정이었다.

"고맙지. 내겐 과분한 사람이지."

남진은 이렇게 말하며 고개를 끄덕였다.

"동철아, 너를 위한 술자리에서 울고불고, 한숨 내쉬고 찌질한 모습 보여서 미안하다. 너도 힘들지만 그래도 넌 우리들의 자랑이었어. 그런데 너 또한 수빈이 엄마와 졸혼하고, 거기다 명퇴까지 했으니, 내 마음이 무척 아프다."

종국은 이렇게 말하며 동철의 손을 꽉 잡았다. 그를 너무도 잘 알았기에 종국의 마음은 더 아팠던 것이다.

"미안하긴. 너나 나나 다 같은 처진데 누가 누구한테 미안해. 사실 나 너희들 만나기 전에 많이 우울했어. 왜 나한테 마음 아픔 일만 연속적으로 일어나는지 상실감이 너무 컸었거든. 그런데 종국이와 영민이 말을 듣고 보니, 나는 그래도 너희들만큼은 아니구나 싶으니, 솔직히 너희들에게 미안한 마음이다."

이렇게 말하는 동철의 얼굴은 실내등의 영향 탓일까, 술기운 탓일까 붉디붉게 물들었다. 동철은 종국이와 영민이 손을 잡고 말했다.

"종국아, 영민아, 미안하다. 내 삶에 치여 너희들과 좀 더 시간을 갖지 못해서. 우리 앞으로는 아무리 시간이 여의치 않아도, 잠깐을 만나더라도 한 번이라도 더 얼굴을 보도록 하자. 인생이 이처럼 허무하다고 느낀 적은 예전엔 거의 없었는데, 나이 들어 갈수록 허무해지니, 이 또한 피해갈 수 없는 우리들의 숙명인 것 같다. 그러니 우리 힘들고 외로운 사람들 끼리 똘똘 뭉치자."

"그래. 우리 동철이 말대로 하자. 지금 우리 인생은 개 같지만, 우리 더는 개 같은 인생은 되지 말자."

동철의 말에 종국은 훌쩍이며 말했다. 가족의 배신으로 인해 누구보다도 상실감이 큰 그의 심정은 말이 아니었다.

"그래, 우리 그렇게 살자."

남진도 이렇게 말하며 종국과 영민의 어깨를 감싸 안았다.

나이를 먹는다는 것은 자기 얼굴에 책임을 지는 일인데, 책임을 지기는커녕 스스로가 자기의 삶에 짐이 되는 형국이고 보니 개인소득은 3만 불이니 어쩌니 떠들어대지만, 그게 다 무슨 소용이란 말인가. 그것은 수치에 불과 할뿐 일반 서민들에게는 그림의 떡과 같은 일일 뿐이다.

지금 우리나라 베이비부머 세대들은 그 어느 세대보다도 힘들게 어린 시절과 청소년시절을 보냈다. 힘들게 대학을 나와 직장에 취업을 해서 어느 정도 자리를 잡았다 싶으면 아래로는 후배들이 치고 올라오고, 위로는 상사들이 눌러대는 형국이니 그야말로 샌드위치 신세이다. 나아가 구조조정이다 해서는 제일 먼저 명퇴를 강요당하는가 하면, 집에서는 부모를 봉양하고, 자식들을 위해 돈 버는 기계로 전락한지 오래다. 그런데도 어떤 가족들은 그런 가장의 고충은 안중에도 없다. 자신들의 입맛에 맞지 않으면 왕따를 시키고, 아내들 중엔 졸혼이다, 이 혼이다 해서 툭하면 괴롭힘을 주고 그것을 실행에 옮기기도 한 다.

특히, 동철과 같은 58년생들은 59년, 57년생과 더불어 베이 비부머세대의 중심세대로 그 고충이 더 심하다. 먹고 사는 문 제에 치이다 보니 개인의 발전을 위한 취미활동은 고사하고, 힘들게 가르쳐도 취업을 하지 못해 캥거루족이 되어 가장만 바 라보는 자식들 때문에 등골이 휘고, 한시라도 마음 편히 지내 는 날이 없다. 눈을 떠도 먹고 사는 문제, 눈을 감아도 먹고 사 는 문제로 가슴은 늘 체증에 걸린 것처럼 답답하다.

게다가 인간의 삼대욕구 중 하나인 성문제로 고민하는 사람 들이 날로 느는 추세다. 섹스리스 부부들의 가장 대표 격인 존 재가 베이비부머세대다. 먹고 사는 문제에 치여 스트레스를 받 다보니, 성감은 떨어지고 어쩌다 기회를 갖게 되면 불발로 끝 나는 게 예사라고 한다. 몸과 마음이 편해야 성욕도 살아나는 데, 몸과 마음이 늘 지쳐 있으니 무슨 성욕이 날까.

식욕과 성욕 중 어느 게 더 강할까, 하는 생각을 누구나 한번 쯤은 해 보았을 것이다. 사람에 따라서는 성욕이 더 강하다고 말하는 이들도 있지만 배가 고프면 그것도 생각이 안 난다. 성 욕도 식욕이 해소 된 다음에야 생각나는 법이다. 경제적 궁핍

함엔 성욕도 한낱 바람에 날리는 겨와 같은 것이다.

동철 역시 아내를 안아본지도 3년이 넘었고, 영민은 완전히 아내에게 버림 받았고, 종국은 이혼 뒤 5년 넘게 여자를 안아본 적이 없다. 남진은 아내와 별 탈 없이 잘 지내 성적욕구로 인한 불만족은 없다.

이 모든 것은 다 자신에게 주어진 숙명과도 같은 일이기에, 인위적으로는 어쩌지 못하는 불행한 일인 것이다.

동철과 친구들은 모처럼 만에 시간을 갖고 그동안 쌓였던 마음의 묵은 찌꺼기를 비워냈다. 해소시켜야 할 것은 반드시 해소를 시켜야 정상적으로 몸과 마음이 작동하는 법이다. 그래서일까, 웃고 울고 떠드는 사이 그들 각자는 지금의 현실을 좀 더 긍정적으로 받아들이자고 스스로에게 다짐하였다.

시간은 어느 덧 11시 반을 자나고 있었다.

"자, 이제 우리 그만 가지."

"그래. 내일을 위해서 오늘은 여기까지."

동철의 말에 종국은 비틀거리며 일어나더니 계산대에 가서 셈을 치렀다.

"모처럼 함께 해 좋으셨지요?"

사장은 웃으며 말했다.

"네. 웃고 울고 떠들다보니, 지금은 몸과 마음이 아주 가뿐합니다."

"얼마나 화기애애한지 저도 그 자리에 끼고 싶더군요."

동철의 말에 사장은 이렇게 말하며 웃었다.

"그랬군요. 다음에는 사장님도 끼워드리죠. 참 그러면 장사는 누가 하죠?"

"까짓것 그 날은 문 닫지요, 뭐."

영민의 말에 사장이 문을 닫는다고 하자 다들 껄껄대며 웃었다. 한바탕 웃고 난 그들은 밖으로 나와 다들 흩어져 집으로 갔다.

"동준아, 어머니 별일 없으셨니?"

집에 돌아 온 동철은 어머니부터 물었다.

"네, 잘 지내셨어요."

"다행이다. 난 또 네가 고생하는 건 아닌가 했는데."

"형님은 매일 힘들게 어머니를 보살펴드리는데, 잠깐씩 살펴드리는 제가 뭐가 힘들겠어요. 늘, 형님께 죄송할 따름이에요."

동준은 이렇게 말하며 동철의 고충을 좀 더 이해하게 되었다.

"어서 가봐. 피곤할 텐데."

"네, 형님. 다음에 볼일 있을 땐 언제든지 연락하세요. 제가 어머니 보살펴드릴 테니까요.

"그래, 그렇게 할게. 어서 가."

"네, 형님."

동준이 가고 나서 동철은 어머니를 다시 살펴드린 후 어머니 곁에 누워 참으로 오랜만에 푹 잠에 빠져들었다.

간밤에 마신 술로 곤하게 자던 동철은 "우당탕"하는 소리에 잠이 깼다. 순간 동철은 어머니부터 살폈다. 어머니가 자리에 없자 벌떡 일어나 거실로 나갔다. 순간 깜짝 놀라 "어머니!"하고 외쳤다. 거실에는 깨진 접시 파편들이 여기저기 흩어져 있었고, 한쪽 구석에 어머니가 놀란 얼굴로 앉아 있었다.

"어머니, 다치지 않으셨어요?"

동철은 어머니의 손을 잡고 여기저기 살펴보았다. 손에 작은 상처만 있을 뿐 괜찮았다.

"괜찮아. 걱정하지 마."

어머니는 괜찮다며 오히려 동철을 염려하였다. 어머니는 가끔씩 맑은 정신으로 돌아 올 때가 있는데, 지금은 치매환자라고 보기 어려울 만큼 정신이 또렷하였다.

"어머니, 절 깨우지 그러셨어요. 그러면 제가 먹을 걸 드렸을 텐데요."

"곤히 자고 있는데 어떻게 깨워. 미안하구나. 걱정만 끼쳐서."

"아니에요. 어머니. 제가 죄송해요. 다음엔 어머니 혼자 먹을 것을 찾거나 화장실에 가거나 하시면 안 돼요. 아셨죠, 어머니?"

"그래, 그러마."

"어머니, 제가 죽을 따뜻하게 데워 갖고 올 테니, 방으로 들어가세요."

동철은 이렇게 말하며 어머니를 부축해 방으로 들어가 앉혀드리고는 주방으로 갔다. 죽을 데우고, 어머니가 좋아하는 무장아찌를 잘게 썰어 작은 상에다 담아 가지고 방으로 들어갔다.

"어머니, 아 하세요."

동철은 숟가락에 죽을 떠서 말했다.

"이리 줘. 내가 먹을게."

어머니는 동철의 손에 들려져 있는 숟가락을 잡으며 말했다.

"네, 어머니. 천천히 드세요."

동철은 어머니의 숟가락에 무장아찌를 올려주었다. 어머니는 죽을 맛있게 먹었다.

"우리 어머니, 잘 잡수시네요."

동철은 숟가락에 무장아찌를 올려줄 때마다 이렇게 말하며 엷게 웃었다. 어머니는 그런 그가 좋은지 기분 좋은 표정을 지었다. 동철은 죽을 먹고 난 어머니의 등을 살며시 두드려 트림이 나게 했다. 어머니는 조금 앉아 있다 자리에 누웠다.

동철은 시간을 보았다. 아침 8시를 막 지나고 있었다. 시간이 이렇게 됐으니 어머니가 배가 고프셨구나, 라는 생각이 들자 너무도 죄송했다. 어머니는 7시면 어김없이 식사를 하셨다.

"어머니, 죄송해요. 배가 많이 고프신 것도 모르고 잠을 잤으니…… 다음엔 그런 일이 없도록 할게요."

동철은 이렇게 말하며 어머니에게 이불을 덮어드렸다. 거실로 나와 어제 먹던 밥과 찌개를 데워서 간단하게 아침을 때웠다. 세수를 하고, 청소를 하고, 빨래를 하다 보니 어느새 오전이 지나가버렸다.

2시쯤 아내가 왔다.

"어서와. 점심은?"

"먹었어. 어머니는?"

"조금 전에 잠드셨어."

아내는 동철의 얘기를 듣고도 어머니 방으로 가서 어머니를 살피고는 거실로 나왔다.

"어머니 식사는 잘 하셔?"

"응. 잘 하셔. 오늘 아침엔 맑은 정신으로 말씀도 하고 그러셨어."

"당신이 살펴드리는 게 편하신가보네……"

동철의 아내는 이렇게 말하며 소파에 앉았다.

"커피 마실 거야?"

"아니. 조금 전에 먹고 왔어. 무슨 일로 날 보자고 했어?"

"다른 게 아니고 당신도 생활을 하려면 돈이 필요할 거 아냐. 그래서…… 이거 받아."

　동철은 이렇게 말하며 통장을 건네주었다.

"무슨 통장이야?"

"퇴직금 받은 것에서 좀 넣었어. 당신이름으로 했으니, 찾아써."

"괜찮아. 나 일하기로 했으니 걱정하지 마."

"일을 하기로 했다고?"

"응."

"무슨 일인지 물어봐도 돼. 당신 건강도 그렇고……."

　동철의 말에 아내는 공무원 경력을 인정받아 복지회관에서 파트타임으로 일하기로 했으니까, 자신에게 주는 돈은 어머니 병원비와 수빈이 결혼식에 쓰라고 극구 사양하였다.

"당신 오피스텔 얻고 돈이 필요할 텐데. 그럼, 비상금으로 갖고 있어."

"오피스텔 얻고 남은 돈이 좀 있어, 그러니 걱정하지 마."

"그럼 내가 너무 미안하잖아."

"당신도 직장 그만두고 어머니 보살펴드리느라 아무것도 못해 앞으로 돈이 많이 필요할 텐데, 그냥 받았다 셈 칠게. 그러니 마음 쓰지 않아도 돼."

동철은 아내에게 작은 보상이라도 해주고 싶었지만, 아내는 오히려 그를 염려했다. 그는 졸혼을 하고도 자신과 어머니를 생각해주는 아내가 고마웠다. 비록 서로 뜻이 맞지 않아 아내가 선택한 졸혼이었지만, 그들은 적어도 서로에게 마음의 짐은 되고 싶지 않았던 것이다.

"당신 건강 잘 살펴가며 일해. 무엇보다 건강이 중요하니까."

"걱정하지 마. 앞으로 어머니 살펴드리느라 많이 힘들 거야. 당신 건강이나 잘 챙겨."

"그래, 그렇게 말해줘서 고마워."

"나 일이 있어서 가 봐야 돼. 내가 필요한 일 있으면 연락해."

"그래, 그럴게."

아내가 가고 나자 잠시 쓸쓸한 생각이 들었지만, 동철은 어머니 방으로 가서 어머니를 살펴보았다. 어머니는 여전히 주무시고 계셨다. 요즘 들어 부쩍 잠이 늘었다. 건강에 이상이 있어서 그런 건 아닐까 하여, 내일 어머니를 모시고 병원으로 가기로 하고 전화로 진료를 예약했다.

그 날 하루도 그렇게 지나가고 있었다.

다음 날 오전, 동철은 어머니를 모시고 병원으로 향했다. 하늘은 푸르게 빛나고, 바람은 아기 숨결처럼 부드러웠다. 어머니는 기분이 좋은지 입가에 미소를 지었다.

"어머니, 기분이 좋으세요?"

"응, 좋아. 참 좋아."

"어머니, 어디 가시고 싶은데 있으세요?"

"풍수원성당."

어머니는 '풍수원성당'하고 짧게 말했다. 풍수원성당은 강원도 횡성군 서원면에 있는데 우리나라 신부가 지은 최초의 성당이다. 그곳은 어머니의 추억이 서린 곳이다. 어머니는 종교를 갖진 않았지만, 젊은 시절 아버지와 그곳에 갔던 일을 늘 이야기하곤 했다. 어머니는 아버지가 돌아가시고 나서 힘든 일이 있거나 아버지가 못 견디게 그리워지면 가끔씩 그곳을 다녀오시곤 했는데, 놀랍게도 풍수원성당을 기억하고 있었다.

"그럼 병원에 갔다가 풍수원성당으로 갈게요."

"응."

어머니는 기분 좋은 목소리로 대답하며 차창 밖을 바라보았다.

잠시 후 병원에 도착한 동철은 어머니를 모시고 진료실로 갔다. 의사는 어머니를 이리저리 살펴보고 나서 말했다.

"지난 번 진료 때보다 더 나빠지지는 않았는데, 언제 어떤 행동을 하실지 모르니 주의해서 살펴보세요."

"네, 선생님. 오늘도 그렇지만 요 며칠 동안 맑은 정신으로 이야기도 하시고, 오늘은 풍수원성당에 가고 싶다고 하시는군요."

"그래요. 그곳이 어머니와 무슨 관계가 있나요?"

"젊은 시절 아버지와 추억이 서린 곳입니다."

"그래요. 그러면 모시고 다녀오는 것도 어머니에겐 좋은 일이지요."

"그러지 않아도 진료 후에 모시고 다녀오려고 합니다."

"아, 그래요. 주의할 것은 지금처럼 정신이 맑다가도 한순간에 기억이 흐려지니까, 집중해서 살펴드리는 것 잊지 마시고요."

"네, 잘 알겠습니다. 저, 그럼 다음 진료 때 뵙겠습니다."

동철은 인사를 한 후 어머니를 모시고 주차장으로 와서 곧바로 풍수원성당으로 향했다. 풍수원성당은 원주에서 60여리 떨어진 곳에 있었다.

동철은 도심을 빠져나오자 차 창문을 조금 열었다. 맑고 풋풋한 바람이 머리를 맑게 했다. 어머니는 기분이 좋은지 밖을 내다보며 빙그레 미소 지었다. 치매에 걸렸다는 사실이 믿기지 않을 만큼 지금 상태는 매우 양호 했다.

"어머니, 시골길을 달려가니 기분이 좋으세요?"

"응. 아주 좋아."

동철의 말에 어머니는 한껏 기분이 고조되어 있었다. 어머니가 치매에 걸리지 않았다면 얼마나 좋을까, 하고 생각하는 동철의 눈언저리가 붉게 변했다. 젊은 시절 그리도 고우셨던 어머니를 생각하니 마음이 저렸던 것이다.

추수가 끝난 11월의 텅 빈 들판은 한 폭의 동양화의 여백미를 느끼게 했다. 그것을 바라보는 동철의 가슴은 모처럼 만에 충만감으로 넘쳐났다. 그렇게 달려간 끝에 풍수원성당에 도착하였다. 동철은 차를 주차장에 세우고 어머니를 두 팔로 꼭 붙들고 풍수원성당을 향해 천천히 걸어갔다.

"어머니, 여기가 풍수원성당이에요. 기억나세요?"

"응. 기억나."

이곳저곳을 두리번거리며 바라보던 어머니가 고개를 끄덕이며 말했다.

"어머니, 예전에 아버지 하고 오셨을 때 기억나세요?"

"응. 그 때 네 아버지 참 멋있으셨지. 네 아버지가 지나가면 사람들이 흘끔거리며 쳐다보았어."

"그 때 어머니 기분이 참 좋으셨지요?"

"좋았지."

어머니는 이렇게 말하며 잠시 동안 아무런 말도 하지 않았다. 동철은 아버지 생각에 어머니가 그 때를 떠올리는 것은 아닐까, 하고 생각하며 더 이상 아무런 말도 하지 않았다. 그리고 잠시 후 풍수원성당에 도착하였다.

"예전이나 지금이나 변한 것이 별로 없구나."

어머니는 이리저리 둘러보며 말했다.

"그래서 더 좋으세요?"

"좋지. 마치 옛사람을 만난 것 같이……."

어머니는 이렇게 말하며 성당 안으로 들어갔다. 성당은 아담한 것이 담백했다. 그래서 더 운치가 있었다.

"네 아버지하고 왔을 때가 엊그제 같은데……."

어머니는 여기저기 살펴보더니 이렇게 말하며 무언가를 골똘히 생각했다. 동철은 그런 어머니를 보고, 어머니가 아버지를 많이 그리워한다는 것을 알고는 무슨 말을 하려다 그만두었다. 잠시 동안 생각에 잠겼던 어머니가 밖으로 나가자고 해서 동철은 어머니를 부축해서 밖으로 나왔다.

"이제 그만 가자."

"좀 더 있다 가시지요. 모처럼 힘들게 오셨는데요."

"피곤해."

동철은 피곤하다는 어머니 말에 어머니를 꼭 잡고 주차장으로 가서는 곧바로 집을 향해 달려갔다.

"어머니, 피곤하시면 잠시 눈을 붙이세요."

아무런 대꾸가 없어 동철이 뒤를 돌아보았다. 어머니는 그새 잠이 들었던 것이다. 동철은 집에 도착해서 어머니를 자리에 눕혀드렸다. 어머니는 곧바로 다시 잠이 들었다.

　거실로 나온 동철은 소파에 기대 눈을 감았다. 피로가 확 밀려왔다. 어머니가 자는 동안 잠시 눈을 붙이기로 했다. 그는 곧바로 잠이 들었다.

백남옥

참으로 오랜 만에 오수에 빠졌던 동철은 느닷없는 전화 소리
에 잠이 깼다. 그는 잠이 덜 깬 목소리로 말했다.

"여보세요?"

"저, 혹시 탁동철 씨이신가요?"

　중저음의 여자목소리가 그의 귓전을 울렸다.

"네, 제가 탁동철입니다만, 어디 신가요?"

"……."

　동철의 물음에 대답이 없자, 그가 재차 물었다.

"여보세요? 제가 탁동철입니다. 어디십니까?"

"백남옥이야. 나 기억해?"

　동철은 백남옥이라는 말에 순간 정신이 번쩍 들었다. 백남옥

은 고등학교 때 여자 친구이자 첫사랑이었다.

"백, 백남옥이라고? 기, 기억하지 그럼……."

동철은 너무나 뜻밖이라 더듬거리며 말했다.

"잘 지내지?"

남옥은 조금 전과는 달리 떨리는 목소리로 말했다.

"그럼 잘 지내지. 너도 잘 지내지?"

"응, 나도 잘 지내. 지금 한국이야."

"한국? 언제 왔어?"

"이틀 전에. 저, 내일 좀 만날까?"

"내일?"

"응."

"시간과 장소 알려주면 나갈게."

동철은 그녀가 만나자는 말에 반가움에 들떠 말했다.

"핸드폰 번호를 알려줘. 내가 시간과 장소를 이따가 문자로
보내줄게."

핸드폰 번호를 알려달라는 말에 동철은 핸드폰 번호를 불러
주었다. 남옥은 핸드폰 번호를 적고나서 말했다.

"그럼 내일 봐."

"그래, 내일 보자."

전화를 끊고 난 동철은 한동안 정신이 없었다. 마치 꿈을 꾸
는 것만 같았다. 전혀 생각지도 못한 남옥의 전화였기 때문이

었다. 그는 마음을 가다듬고 35년 전 미국으로 떠난 그녀를 떠올렸다. 그러자 빛바랜 흑백사진처럼 지난날의 흐릿하던 기억이 점점 더 선명해지기 시작하더니, 스물 두 살의 청초했던 그녀의 가녀린 모습이 칼라사진처럼 또렷이 나타났다. 남옥의 환영은 동철의 가슴을 마구 뒤흔들어대며 40년 전 그날로 그를 이끌었다.

백남옥은 교회에서 알게 된 친구로 그녀와는 아주 각별한 관계였다. 동철은 친구의 권유로 교회학생회회원으로 가입하였는데, 남옥이 학생회총무로 있었다. 남옥은 처음 본 동철을 친절하고 상냥하게 반겨주었다.

"학생회 가입을 환영해. 나는 백남옥이라고 해."

낮고 부드러웠지만, 귀에 착 달라붙는 목소리였다.

"나는 탁동철이라고 해. 환영해줘서 고마워."

"그래. 우리 앞으로 잘 지내자."

그녀는 손을 내밀며 말했다. 동철은 엉겁결에 그녀의 손을 잡았다. 순간 전기가 통하듯 찌릿하더니 가슴이 두근거렸다. 물론 악수를 한 것이지만, 지금껏 여자와는 손을 잡아본 적이 없는 그였다. 동철은 자신의 감정을 들키지 않으려고 헛기침을 한 뒤 엷게 웃으며 말했다.

"그래. 잘 지내자."

동철의 수줍음기 서린 말에 남옥은 빙그레 웃었다. 그들의 만남은 그렇게 시작 되었다.

동철은 처음 본 그녀의 모습을 지금도 또렷이 기억했다. 보통 키에 가녀린 몸매, 하얗고 갸름한 얼굴에 눈이 크고, 오뚝한 코, 낮고 부드럽지만 열정적인 말과 행동은 그의 마음을 붉게 물들여 놓았었다.

당시 동철은 어머니를 돕기 위해 검정고시를 준비하며 새벽에는 신문을 돌리고 저녁엔 중학생들 과외를 하였다. 매일 집과 도서관을 오가며 다람쥐 쳇바퀴 돌듯 지내다보니 가끔씩 갑갑할 때도 있었지만, 그럴 땐 운동을 하거나 산책을 하며 갑갑함을 풀곤 했다.

그런데 교회학생회는 시내 중고등학교 학생이면 누구나 가입할 수 있어, 마치 각 학교 학생들의 집합소와 같아 동철에게는 매우 의미 있게 다가왔다. 학교라는 제도권에서 배우고 느끼지 못하는 것을 비록 간접적이지만 교회학생회에서 배우고 느낄 수 있어 열심히 활동하였다.

그러는 과정에서 동철과 남옥은 가까워졌고, 남옥이 동철을 더 좋아하였다. 남옥은 동철의 사생활에 대해 알게 되었고, 그의 강한 책임감과 인간성에 깊이 매료되어 그녀가 적극적으로 그에게 다가갔던 것이다.

그들은 시간이 날 때마다 교회 교육관에서 함께 공부하고,

함께 책을 보고, 함께 음악을 듣고, 함께 놀러가기도 하고, 함께 학생회 일을 하며 2년을 보냈다. 동철이 가정형편상 4년 동안 장학금을 받는 조건으로 지방대학을 택했지만, 남옥은 서울 소재 대학에 입학하였다. 그와 더불어 그녀의 집도 서울로 이사를 하였다. 그들은 대학을 가면서 고등학교 때와는 달리 만나는 일이 뜸해졌지만, 여름 방학과 겨울방학 때는 한두 차례씩 만남을 가졌다. 자주 만나지 못하는 그들의 연결고리는 편지였다. 그들은 일주일에 한두 번 씩 편지를 주고받으며 사랑을 키워나갔다. 편지를 주고받는 것만으로도 그들은 너무 행복했다. 편지로 사랑을 키워나갔던 그들이 처음으로 손을 잡은 것은 대학교 1학년 여름방학 때였고, 처음으로 키스를 한 것은 겨울방학 때였다. 그들의 사랑은 순수했고, 맑고 투명한 사랑 시처럼 담백했다.

그런데 그들에게 슬픈 운명과도 같은 일이 일어났다. 대학교 3학년 여름방학 때 동철을 만나기 위해 남옥이 원주로 왔다. 동철은 반가운 마음에 연신 미소를 지었지만, 그녀의 눈은 어딘가 모르게 슬퍼보였다. 동철은 평소의 그녀와는 너무 다른 모습에 조심스럽게 입을 열었다.

"무슨 일 있니?"

"……."

무슨 일 있느냐는 동철의 말에 말없이 남옥이 눈물을 흘렸

다. 그는 한 번도 그녀의 그런 모습을 본 적이 없어 조바심이
났다.

"무슨 일인데 그래?"

"……."

그녀가 또 다시 말이 없자, 동철은 걱정스럽게 말했다.

"남옥아, 무슨 일인지 말해 봐."

"나, 미국에…… 유학가기로 했어."

"미, 미국?"

미국으로 유학 간다는 남옥의 말에 동철은 불에 덴 듯 깜짝
놀란 표정으로 말했다.

"응."

"언제?"

"다음 달에……."

"다, 다음 달에?"

다음 달에 간다는 남옥의 말에 동철의 표정은 어두워졌다.
금방이라도 울 것만 같은 표정이었다.

"응. 널 생각하면 미국에 가고 싶지 않은데, 집에서 정한 일
이라 안 갈 수가 없어."

"……."

남옥은 울면서 말했다. 동철은 무슨 말을 어떻게 해야 할지
난감하였다. 솔직한 심정으로는 가지 말라고 하고 싶지만, 그

녀의 집에서 결정한 일을 자신이 막을 명분도 대책도 없어 아무런 말도 할 수 없었다. 잠시 동안 침묵이 이어졌다. 먼저 입을 연 사람은 남옥이었다.

"미안해. 정말 미안해……."

"……."

그녀가 미안하다는 말에 동철은 아무 말도 할 수 없었다.

"미안해……."

남옥은 미안하다고 짧게 말하고는 또 다시 눈물을 흘렸다. 동철은 그런 그녀를 물끄러미 바라보다 입을 열었다. 그의 입술이 파르르 떨렸다.

"뭐, 뭐가 미안해. 집에서 결정한 일을……. 부모님 뜻을 따르는 게 당연하지……."

동철은 마음이 쓰리고 아팠지만 그녀가 마음 편히 떠날 수 있게 그녀의 마음을 달래주었다.

"고마워. 미국 가더라도 자주 편지할 게……. 그리고 우리, 나중에 만나."

"그래. 지금은 각자에게 주어진 공부 열심히 하자……. 그리고 네 말대로 우리 나중에 만나자."

"너에게 말하고 나니 답답했던 가슴이 펑 뚫리는 기분이야."

미국에 간다는 말을 한다는 게 남옥으로서는 많은 부담이 되었던 터라, 동철이 기꺼이 그리고 흔쾌히 받아들이자 한결 마음이 가벼워져 조금 전과는 달리 마음의 여유를 찾았다.

"그래? 그처럼 신경 쓰다니…… 내가 뭐라고……."

동철은 이렇게 말하며 자신에 대한 남옥의 마음을 읽을 수 있어 내심 기뻤다. 그녀가 자신을 깊이 사랑한다는 것을 알 수 있었기 때문이다.

"너는 내가 사랑하는 유일한 남자니까."

남옥은 이렇게 말하며 그윽한 눈길로 동철을 바라보았다.

"너도 내게는 사랑하는 유일한 여자야."

동철의 말에 남옥은 엷게 미소 지었다. 그들은 그렇게 서로에 대한 깊은 감정을 서로에게 고백하였다. 서로에 대한 마음을 확인해서 일까, 그들의 표정은 아까와는 달리 평온한 빛을 띠었다.

"배고프지? 우리 뭘 먹을까?"

"비후 가스."

동철의 말에 남옥이 비후 가스가 먹고 싶다고 해서 양식집으로 갔다. 동철은 비후 가스를 딱 한번 먹어 본 적이 있다. 그의 형편에 양식을 먹는다는 것은 사치스러운 일이었다. 하지만 오늘만큼은 남옥을 위해 사치를 즐기기로 했다.

양식집의 심플하고 클래식한 분위기가 그들의 마음을 사로잡았다. 이야기를 하는 사이 비후 가스가 나왔다. 동철은 먹기 좋게 고기를 잘라 남옥에게 주었다.

"어서 먹어."

"고마워."

남옥은 기분 좋은 표정을 지으며 맛있게 비후 가스를 먹었다. 동철도 익숙하지 않지만, 맛있게 먹었다. 서로에 대한 사랑을 확인해서 일까, 그냥 바라만 봐도 좋았다. 물론 편지를 하면서 서로에 대한 감정을 표현하곤 했지만, 서로 마주보고 말로써 하기는 이번이 처음이었다.

비후 가스를 먹고 차를 마신 후 밖으로 나온 그들은 고속버스터미널 가는 버스를 탔다. 남옥이 저녁에 약속이 있어 서울로 가야 하기 때문이었다. 휴일이라 그런지 터미널이 무척이나 붐볐다. 그녀가 표를 예매해서 곧바로 버스를 탈 수 있었다.

"조심히 올라가."

동철은 남옥을 꼭 안아주며 말했다. 그녀는 동철의 품에 안겨 맑은 미소를 띤 채 속삭이듯 말했다.

"응. 나 미국에 가기 전에 올게."

"그래. 그 때 보자. 잘 가."

"응. 사랑해……."

"나도."

남옥의 사랑한다는 말에 동철은 '나도'라며 짧게 말했다. 그의 말엔 그녀를 향한 사랑이 진하게 배어 있었다.

남옥은 그렇게 서울로 갔다. 그리고 한 달 후 미국에 가기 전에 원주로 내려와 동철과 함께 하루를 보낸 후 다음 날 서울로 갔다. 사흘 후 남옥은 미국으로 갔다. 그게 그녀를 본 마지막이었다.

남옥이 미국으로 가고 3년 동안 편지를 주고받다 갑자기 끊기고 말았다. 동철이 아무리 편지를 보내도 아무런 소식이 없자 한동안 깊은 실의에 빠져 지냈다. 그러다 어머니를 생각해 더 이상 이래서는 안 되겠다고 다짐한 그는 마음을 추스려 자신에게 더욱 몰두하였다. 그러나 남옥이 생각날 땐 못 견딜 만큼 고통스러워했다.

그렇게 시간은 흘러갔고, 동철이 대학을 마치고 회사에 입사하고 나서 3년 차 되던 해 우연히 듣게 된 소식으로는 대학을 마친 남옥이 자신보다 스물세 살이나 많은 미국교포 사업가와 결혼을 했다고 한다. 그게 그녀에 대해 그가 알고 있는 전부였다. 그 소식을 접하고 한동안 슬픔에 빠져 지냈지만, 그녀가 결혼한 것도 자신의 인생에 있어 자신이 딛고 가야할 하나의 삶의 과정이라 여기며 숙명으로 받아들였다.

그런데 남옥이 미국으로 간지 35년 만에 그녀로부터 연락을 받은 것이다.

동철은 한껏 들뜬 마음으로 밤을 보냈다. 그녀는 과연 지금 어떤 모습을 하고 있을까, 왜 그녀는 아무런 말없이 결혼을 하고 연락을 끊었을까, 왜 그녀는 지금에서야 자신을 찾을까, 하는 등의 생각들이 꼬리에 꼬리를 물고 이어졌다. 그러다 새벽 3시가 돼서야 잠이 들었다.

　동철은 여느 때와 다름없이 잠에서 깨었다. 어머니에게 드릴 죽을 끓이고, 쌀을 씻어 전기밥솥에 안쳤다. 두부를 쓸고, 된장을 풀어 된장찌개를 끓이는 등 다른 날과 다름없는 아침이었지만, 이제 얼마 안 있으면 첫사랑을 만난다고 생각하니 그의 가슴은 연신 두근거렸다.

　어머니에게 아침을 드리고, 세수를 시켜드린 다음 소화를 시키고 나서 아침을 먹었다. 아내가 집을 나가고 맞는 늘 쓸쓸한 아침이지만, 오늘만은 설렘으로 가득 차올랐다. 아침을 먹고 세수를 하고 머리를 감고, 외출준비를 하였다.

　거울을 보던 동철은 거울 속의 사내가 자신이라는 모습에 적잖이 놀랐다. 흰머리가 듬성듬성 나고, 눈 옆에 엷은 잔주름이 두 개나 나 있었다. 얼굴의 살은 빠지고, 피부는 탄력을 잃었지만 눈빛만큼은 여전히 빛났다.

　"너는 눈이 참 맑아. 그래서 아무런 욕심이 없어 보여 좋아."

　40년 전 남옥이 자신을 보고 한 말을 떠올렸다. 오늘 날 보면 그녀는 뭐라고 할까, 생각하니 자신도 모르게 입가에 웃음이 배어났다. 약속 시간 까지는 1시간이 남았다.

　약속시간이 가까워질수록 시간은 더디게 흘러갔다.

"어머니, 저 약속이 있어 나갔다 올게요. 동준이가 올 거예요. 제가 없더라도 필요한 게 있으시면 동준이게 말씀하세요. 아셨죠, 어머니?"

"응. 다녀와."

"네, 어머니."

동철이 어머니와 얘기를 하는데 동준이 왔다.

"형님, 어서 나가보세요."

"그래. 수고 좀 해."

"수고는요. 마음 편히 다녀오세요."

동철은 가뿐한 마음으로 집을 나섰다. 약속 장소로 가는 내내 가슴이 두근거리고 설렜다. 마치 공중에 둥둥 떠가는 기분이었다. 동철은 사랑은 나이를 가리지 않는다는 말이 실감이 났다.

그렇다. 젊은 사람이나 나이든 사람에게 사랑은 언제나 꿈이고, 꿈을 주는 인생의 다이아몬드이다. 그래서 사랑은 그 자체만으로도 사람을 기쁘게 하고, 두려움 앞에서도 용기를 내게 하고, 절망 앞에서도 희망을 품게 하는 것이다.

동철은 약속장소인 레스토랑 〈산티아고〉에 도착하였다. 그는 깊이 숨을 들이마시고 내쉬며 마음을 가다듬었다. 잠시 동안 그러기를 반복하며 마음이 차분히 가라앉자 문을 열고 들어갔다. 동철이 문을 열고 두리번거리자 안쪽 깊숙이 창가에 앉아 있던 바이올렛 원피스를 입은 여자가 손을 흔들었다. 동철은 환하게 웃으며 그녀 쪽으로 갔다.

"백남옥?"

"응. 탁동철?"

"그래. 탁동철이야. 만나서 반갑다."

"나도 반가워."

둘은 이렇게 말하며 누가 먼저랄 것도 없이 반갑게 두 손을 마주 잡았다. 남옥은 나이에 비해 한 10년은 젊어 보일만큼 우아하고 아름다웠다. 그녀의 몸에서는 귀티가 물씬 풍겨났다.

"남옥이 너는 옛 모습이 그대로 남아 있네."

"많이 늙었는데, 어디에 모습이 남아 있다는 거야?"

동철의 말에 그녀는 웃으며 말했다.

"커다란 눈, 하얀 피부, 그리고 갸름한 얼굴이 그대로야."

"그래? 그렇게 말해줘서 고마워. 난 또 늙어서 알아볼 수 없으면 어떡하나 했는데……."

"늙긴……. 누가 너보고 육십이 다 된 여자라고 하겠니?"

"하하, 그래? 너도 예전 모습이 그대로 있어."

남옥은 웃으며 말했다.

"나야말로 많이 늙었지. 흰 머리도 듬성듬성 있고……."

동철은 이렇게 말하며 머리를 손으로 가리켰다.

"우리 나이에 그 정도의 흰머리는 다 있어. 그래도 너는 적은 편이야. 우리연배의 사람들 보면 흰머리 많은 사람들이 많아. 다들 염색해서 그렇지."

"그렇게 말해주니 고마워. 뭘 좀 먹을까?"

동철의 말에 남옥이 엷게 미소 지며 말했다.

"네게 물어보지도 않고 시켰어."

"그래? 잘 했어."

동철은 그녀의 말에 뭘 시켰냐고 물어보지도 않고 잘했어, 라고 말했다.

"뭘 시켰는지 궁금하지 않아?"

"당연히 맛있는 걸로 시켰겠지."

"비후 가스 시켰어."

"비후 가스?"

"응."

동철은 비후 가스라는 말에 그녀가 미국으로 가게 됐다며 대학 3학년 여름방학을 맞아, 원주에 왔을 때 먹었던 일이 생각나 빙그레 웃었다.

"왜 웃어?"

"오래전 일이 생각나서……. 네가 대학 3학년 여름방학 때 미국에 가게 됐다고 원주에 와서 말했을 때 먹었던 게 비후 가스잖아."

"어쩜 그 걸 다 기억하니. 그 때를 생각해서 시킨 건데……."

"그래? 그러면 우리 마음이 통했네."

"그래. 완전 퍼펙트야."

동철이 이렇게 말하며 크게 웃자 남옥도 환하게 웃으며 말했다.

비후 가스가 나오자 동철은 고기를 먹기 좋게 썰어 남옥에게 건넸다.

"넌, 그때도 지금처럼 먹기 좋게 잘라서 주었었지."

남옥은 그때가 생각나 이렇게 말하며 동철을 바라보았다.

"왜 그렇게 바라봐. 사람 무안하게……. 어서 먹어."

"넌 그때나 지금이나 조금도 변한 게 없어. 역시 넌 젠틀맨이야."

"그 말 듣기 좋은데? 식기 전에 어서 먹어."

"그래, 먹자."

그들은 예전 일을 생각하며 맛있게 먹었다. 세월은 35년이나 흘렀지만, 마음은 여전히 대학 3학년 때 그 마음이었다. 식사를 마치고 차를 마시며 남옥은 그동안의 이야기를 풀어놓았다.

남옥이 미국으로 유학을 가 대학을 졸업하던 해 집에 큰 일이 있었다. 그녀의 아버지가 하던 사업이 부도가 났다. 아버지는 그 여파로 구치소에 가게 되었고, 어머니는 충격으로 쓰러졌다. 하루아침에 집안이 풍비박산이 난 것이다. 어머니는 그녀 언니와 오빠가 보살펴 드려 문제가 없었지만, 구치소에 있는 아버지가 문제였다.

　그런데 마침 이 일을 알게 된 같은 한인교회에 다니는 성도가 남옥에게 재미교포 남자를 소개해 주었다. 그 남자는 남옥이 보다도 스물 셋이나 많은 사업가로 미국 교포지역에서는 돈 많기로 소문이 나 있었다. 그 역시 남옥이 다니는 한인교회 교인이었는데, 평소에 나이 어린 그녀에게 관심이 많았다고 했다.

　그런데 마침 남옥의 집에 일이 있자, 그 사실을 알게 된 그가 도움을 주고 싶다며 여신자에게 말했다고 했다.

　남옥은 자신에게 친절을 베풀며 도움을 주겠다는 그의 청을 받아들여 그가 아버지 빚을 청산해줌으로써, 아버지를 구치소에서 빼내주고 다시 사업을 할 수 있도록 해주었다. 그리고 채권자에게 넘어가 집이 없는 것을 알고는 집도 사주었다. 그야말로 그는 역경에 처한 남옥의 가족에게는 구세주나 다름없었다. 당시 그는 마흔 일곱으로 결혼에 한 번 실패하고 5년을 혼자 지내오고 있었는데 전처와의 사이에 아이는 없었다. 이런 조건은 나이 어린 남옥에게는 그와 결혼하는데 유리하게 작용하였다. 그의 끈질긴 구애에 남옥은 많은 나이 차이에도 그와 결혼을 했다고 했다. 그는 남옥을 많이 아껴주었으며, 그녀에게는 마치 커다란 산과 같은 사람이었다고 했다. 그렇게 30년을 살았는데 그가 5년 전 세상을 떠났다. 둘 사이에는 자식이 없다고 했다. 그는 남옥에게 2억 달러가 넘는 재산을 물려주었다고 했다. 그가 떠나고 5년 동안 그가 하던 사업을 맡아 하다가 3개월 전에 정리했다고 했다. 그리고 남은 세월을 자신이 하고 싶은 일을 하며 살겠다고 말했다. 자신의 지나 온 세월을 이야기하며 남옥은 눈물을 짓기도 하고, 때론 웃기도 하였다. 말을 마치고 나서 남옥이 말했다.

"미안해. 그 때 아무 말도 없이 연락을 끊어서······."

"그런 일이 있을 줄 누가 알았겠니. 네 얘기를 듣고 보니 나라도 그렇게 했을 거야."

"그럼, 나 용서해주는 거지?"

"용서는 무슨······. 다 지난 일인데. 이렇게 건강하고 예쁘게 잘 살아줘서 고맙다."

"그렇게 말해줘서 고마워······. 나 너에게 늘 죄책감을 갖고 있었거든······. 그런데 이렇게 널 만나 다 털어놓고 이야기하고 나니 35년 묵은 체증이 확 풀리는 기분이야."

그들은 이렇게 말하며 지난날의 아픈 기억을 마음으로부터 털어낼 수 있었다. 35년이란 긴 세월은 풋풋했던 그들을 초로의 모습으로 바꾸어 놓았지만, 그들의 마음만큼은 35년 전 그때 그대로였다. 세월은 몸은 늙게 하지만 마음은 결코 늙지 못하게 한다는 것을 그들은 자신들을 통해 알 수 있었다.

"한국은 언제 까지 있을 거야?"

"나 모든 걸 정리하고 한국으로 왔어."

"그래?"

"응. 젊은 날은 미국에서 보냈지만, 남은 세월은 한국에서 지내기로 했어."

동철의 말에 남옥은 이렇게 말하며 그윽한 눈으로 그를 바라보았다.

"그래⋯⋯. 참 어머니, 아버지는 건강하시고?"

"10년 전부터 미국에서 나하고 사셨는데 아버지는 7년 전에 돌아가시고, 어머니는 재작년에 돌아가셨어."

"그래. 네가 마음이 많이 아팠겠다."

동철의 말에 남옥의 눈에 물기가 어렸다. 하지만 그녀는 눈물을 흘리지 않았다. 그녀는 무엇이 생각난 듯 말했다.

"내 얘기만 하다 보니 네 얘긴 듣지 못했네. 어머니는 건강하시지?"

"지금 몸이 많이 안 좋으셔. 3년 전부터 치매를 앓고 계시거든."

"그래. 치매가 참 무서운 병인데, 고생이 많겠구나."

남옥은 안 됐다는 표정을 지으며 말했다.

"고생은 뭐. 사시는 날까지 잘 살펴드려야지⋯⋯."

"그래야지. 두 분 다 가시고 나니 잘못한 일만 생각나더라.

살아계실 땐 왜 그런 생각을 못하는지……."

남옥은 이렇게 말하며 물을 마시고 나서 말을 이어나갔다.

"참 가족은 어떻게 돼?"

"집사람, 아들, 딸, 나해서 네 식구야. 어머니 모시느라 집사람이 고생이 많아. 아들은 법대 나와서 사법고시 준비 중이고, 딸은 음악대학을 나와 교향악단 단원으로 있어."

"어머 그래? 참 보기 좋겠다. 아이들은 결혼했어?"

"아니. 큰 애가 아들인데 고시 준비 중이니 결혼은 아직 멀었고, 딸아이는 내년 봄에 같은 교향악단 남자친구와 결혼해."

"어머, 그래. 애들을 참 잘 키웠구나. 너무 부럽다."

남옥은 너무 부럽다며 말했다. 동철은 그녀의 처지를 생각하면 부러울 수도 있겠다는 생각에 그녀가 안쓰러워 보였다.

동철은 지금 직장에 다니느냐는 그녀의 말에 얼마 전에 명퇴를 했다는 것과 그 사유에 대해 말해주었다. 남옥의 입장에서는 궁금한 게 많았다. 첫사랑이었던 남자가 지금 누구랑 어떻게 살고 있는지 궁금해 하는 것은 그녀에게는 당연한 일처럼 여겨졌던 것이다.

35년 만에 만난 그들은 그 오랜 세월에 대해 이야기하며, 마치 그 긴 세월을 단숨에 뛰어 넘은 사람들처럼 친근하고 정겨워보였다.

남옥은 이제라도 자주 연락하자며 말했고, 동철은 그러자고 화답했다. 남옥은 6시가 넘어 고속버스로 서울로 갔다. 그녀를 배웅하고 집으로 오는 동철의 발걸음은 날아갈 듯 상쾌했다. 마치 풀지 못한 오랜 숙제를 해결한 기분이었다.

그들은 만남이 있은 후 가끔씩 전화와 카톡으로 연락을 주고받았다. 그렇게 시간은 흘러갔고, 수빈의 결혼도 한 달 앞으로 다가왔다.

탁동철의
눈물

동철은 수빈이 결혼 문제로 아내와 두 번 만났다. 그녀가 집을 나가 산지 8개월이 넘도록 단둘이 따로 만난 적은 한 번도 없었다. 어머니 문제로 일이 있을 땐 그녀가 늘 집으로 오곤 했다.

동철은 어쩌다 밥이라도 사주고 싶어 연락하면 아내가 만나기를 거부하였다. 동철은 그런 아내가 야속 할 때도 있지만, 그녀만의 시간을 갖는데 방해가 될까 싶어 아무런 말도 하지 않고, 그녀가 하는 대로 지켜 볼 뿐이었다.

오늘은 수빈이 남자친구와 집으로 오기로 해서 아내는 오전 근무만하고 마트에서 장을 봐서 오겠다고 전화를 했다. 동철은 아내가 장을 보는 동안 집안을 청소 하고 어머니를 씻겨드리고 화사한 옷으로 입혀드렸다.

"우리 어머니 참 고우시네요."

곱다는 동철의 말에 어머니는 빙그레 웃었다. 어머니는 동철의 보살핌을 받으면서는 더 이상 나빠지지 않았다. 아내가 씻겨줄 때처럼 꼬집고 욕을 하는 등의 거친 행동도 하지 않았다. 정신이 맑을 때는 자녀들의 이름을 또렷이 기억하다가도, 정신이 맑지 않을 땐 전혀 기억을 못할 뿐만 아니라 동철을 제외하고는 아무도 못 알아봤다.

동철이 어머니의 기억을 되살리기 위해 이런저런 이야기를 물어 보고 있는데, 아내가 양손 가득 장을 봐 가지고 왔다.

"어서와. 장봐 오느라 힘들었겠네. 내가 가서 가져와야 하는데……."

동철은 장본 것을 받아 주방으로 가지고 가며 말했다.

"당신이 어떻게 와. 어머니 봐줄 사람도 없는데."

아내는 이렇게 말하며 어머니 손을 잡고 말했다

"어머니, 오늘 누가 오는지 아세요?"

"수빈이가 온다며?"

"네, 수빈이가 남자친구하고 온데요."

"그래. 수빈이 오면 맛있는 거 많이 해 먹여."

"네, 어머니. 눕혀 드릴 테니 편히 쉬세요."

아내는 이렇게 말하며 어머니를 눕혀드리고 주방으로 와 음식을 준비했다. 수빈이가 좋아하는 갈비찜을 비롯해 잡채와 오징어 튀김 등 열 가지도 넘게 음식을 장만하였다. 동철은 아내가 시키는 것을 하며, 그녀의 수고를 덜어주었다. 음식을 다하고, 치우는데 수빈이가 곧 도착한다고 전화를 했다. 그러고 나서 십여 분 뒤에 집에 도착하였다.

"어서들 와."

동철과 아내는 수빈이와 성민을 반갑게 맞아주었다.

"아버님, 어머님, 잘 지내셨어요?"

"그럼 잘 지내지. 별일 없고?"

성민의 인사에 동철의 아내는 사랑 가득한 미소를 띠며 말했다.

"네, 잘 지내고 있습니다. 절 올리겠습니다."

성민은 이렇게 말하며 절을 했다. 동철과 아내는 흐뭇한 표정으로 절을 받았다.

"부모님은 건강하시지?"

"네, 건강히 잘 지내세요."

"그래. 건강하게 잘 사셔야지."

성민의 아버지는 유망중소기업을 경영하는데, 서글서글한 인상에 사람을 기분 좋게 하는 말재주를 가져 동철은 상견례 때 좋은 인상을 받았다. 그런 인품을 지닌 시아버지라면 수빈이 결혼생활도 무난하게 잘 하리라는 마음에 한결 마음이 놓였었다. 성민이 어머니 또한 활달한 성품으로 막힘이 없고, 수빈을 친딸처럼 잘 대해주어 동철의 아내는 마음이 놓였다.

수빈이는 성민이와 같이 할머니 방으로 가서는 인사를 했다. 할머니는 수빈을 알아보시고, 반가워했다. 성민은 알아보지 못했지만, 결혼할 남자친구라고 하자 수빈이 아껴주며 잘 살라고 했다. 수빈과 성민은 인사를 드리고 밖으로 나왔다.

"자, 배고플 텐데, 어서들 먹자."

동철의 말에 수빈과 성민은 한 목소리로 대답하며 식탁에 앉았다. 그는 그들을 매우 행복한 얼굴로 바라보았다.

"많이 했으니까, 많이들 먹어"

"네, 어머니. 감사히 잘 먹겠습니다."

성민은 이렇게 말하며 갈비와 잡채 등을 맛있게 먹었다. 수빈은 "음, 맛있어. 역시 우리 엄마 솜씨는 최고야." 라고 말하며 엄지 척을 했다. 동철도 아내도 그 모습을 흐뭇하게 바라보며 식사를 했다. 사랑하는 사람들끼리 먹는 밥은 사랑의 에너지가 더해져 더 맛있는 법이다. 정겨운 이야기와 함께 맛있는 식사는 그들을 행복하게 했다.

성민은 부유한 집 자제답지 않게 상대를 배려하는 따뜻한 마음과 반듯한 예의를 갖춰, 동철은 그 점을 높이 샀다. 그리고 소박하고 무슨 음식이든 가리지 않고 잘 먹었다.

"결혼해도 지금처럼 나보다는 상대를 먼저 배려하고, 맘에 들지 않는 일이 있더라도 이해해주며 살도록 해. 그러면 모든 게 다 잘 될 거야."

동철은 수빈과 성민을 바라보며 당부하였다. 수빈과 성민은 한 목소리로 걱정하지 않도록 잘 살겠다며 말해 동철과 아내를 미소 짓게 했다. 수빈은 성민이 갖고 온 선물에 대해 이야기 하며 즐겁게 시간을 보내고는 저녁에 서울로 갔다.

수빈과 동민이 다녀 간지도 한 달이 지나 드디어 내일이면 결혼식을 한다. 동철은 어머니를 살펴드린 후 잠자리에 들었지만 좀처럼 잠이 오지 않았다. 이리저리 몸을 뒤척이며 잠을 청하던 동철은 자리에서 일어나 수빈의 방으로 갔다.

"내일이면 우리 수빈이 내 품을 떠나는 구나……. 언제나 아기 같이 여리고 예쁘고 눈물 많은 내 딸 수빈이……."

수빈이 책장에서 사진첩을 꺼내 수빈의 어린 시절부터 중고등학교 때 사진을 보며 이처럼 중얼거리던 동철의 눈엔 눈물이 맺혔다. 이제 내일이면 한 남자의 아내로 살아가는 수빈이를 생각하자 대견하면서도 마음이 짠했다. 이제 보고 싶어도 맘대로 볼 수 없다고 생각하니 숨이 막힐 듯 가슴이 답답해졌다. 동철은 심호흡을 하며 깊은 숨을 몰아쉬었다. 사진첩을 고이 접어 책장에 꽂은 후 베란다로 가서 창밖을 바라보았다. 어둠에 깊이 잠긴 도시가 마치 밤바다처럼 고요하고 적막했다. 어둠에 깊이 잠긴 도시를 바라보는 동철의 볼을 타고 눈물이 주르르 흘러내렸다. 한참을 그렇게 어둠에 잠긴 도시를 바라보던 그는 손으로 눈가에 맺힌 눈물을 닦고는 방으로 들어가 잠을 청했다. 얼마를 뒤척이던 그는 새벽 2시가 되어서야 가까스로 잠이 들었다. 그리고 5시 반에 자리에서 일어나 깨끗이 씻고는 서울 갈 채비를 마쳤다. 어머니를 살펴드릴 간병인이 온 후 잘 부탁한다고 말 한 뒤 아내와 같이 서울로 갔다. 그들이 예식장 안에 있는 미용실에서 머리를 매만지고 나서 밖으로 나오니 사돈 내외가 기다리고 있다 반가이 맞아주었다.

"사돈, 일찍 오시느라 바쁘셨지요?"

"아닙니다. 마음이 즐거우니 바쁜 줄 모르게 왔습니다."

"사돈, 우리가 소중한 인연이 되었으니, 가끔씩 만나 식사도 하고 좋은 구경도 하고 그렇게 지내시지요."

"네. 그렇게 하시지요. 우리 수빈이 부족한 점이 많습니다. 잘못하는 일이 있더라도 예쁘게 잘 좀 가르쳐 주세요."

"지금으로도 충분합니다. 저는 딸을 선물 받았다 생각합니다. 예쁘게 잘 가르쳐서 보내주셨으니 저 또한 예쁘게 아이들이 잘 살도록 지켜보고 아껴주겠습니다."

"감사합니다, 사돈. 사돈께서 그렇게 말씀해주시니 저는 안 먹어도 배가 부를 것 같습니다."

동철은 사돈의 말에 활짝 웃으며 말했다. 그들이 이야기를 주고받는 사이 먼저 예식을 올린 가족의 순서가 끝나고 수빈과 성민의 예식 순서가 되어 각자 자리로 돌아가 하객을 맞이하였다.

동철과 아내는 분주히 하객을 맞았다. 그 때 저만치서 동철을 보고 백남옥이 환하게 웃으며 다가왔다. 동철은 그녀에게 아내를 소개시켰다. 소개를 받고 남옥이 활짝 웃으며 말했다.

"축하합니다. 신부가 참 예쁘고 사랑스럽네요. 신랑은 훤칠한 게 잘 생기고요."

"고맙습니다. 이렇게 귀한 걸음 해주셔서."

"앞으로 예쁘게 잘 살기를 기원합니다."

"감사합니다."

진심이 담긴 남옥의 축하에 동철의 아내는 환하게 웃으며 말했다. 남옥은 축의금을 낸 뒤 식장 안으로 들어갔다.

동철은 원주하객을 위해 버스를 3대나 동원했는데 종국과 영민, 남진이 각각 원주하객들을 인솔해 왔다.

"동철아, 축하한다."

종국이 활짝 웃으며 축하 인사를 하자, 영민도 남진도 기쁘게 축하 인사를 건넸다.

"다들 고맙다. 하객들 인솔해 오느라 수고 많았어."

"수고는, 당연한 걸 갖고."

동철의 말에 영민이 웃으며 말했다.

친구들과 원주하객들이 식장으로 들어가 자리를 잡고 나자 곧바로 예식이 시작 되었다. 식장을 가득 매우고 자리가 없어서서 예식을 지켜보는 하객들도 있었다.

주례를 따로 두지 않고 신랑 신부가 서로에게 사랑을 다짐하는 각자의 자작시 '사랑'을 낭송하였다. 낭송이 끝나자 축가가 이어지고, 양가 아버지의 짧막한 인사가 있은 후 결혼식은 끝이 났다.

축하연이 열리고 동철 부부는 자리마다 찾아가 인사를 했다. 동철은 종국을 비롯한 친구들에게 백남옥이 이 자리에 있다고 말했다. 친구들도 동철과 남옥이 첫사랑 사이라는 걸 잘 알고 있으며, 학창시절 여러 번 함께 자리를 해 낯이 익었다. 그리고 남옥이 미국에서 결혼해 살고 있다는 것도 잘 알았다. 그래서일까 종국이 깜짝 놀라서 말했다.

"그, 그래? 한국엔 언제 왔는데?"

"자세한 건 나중에 말할게. 남옥이도 혼자니까, 너희들이 함께 동석을 해. 자, 이리와."

동철은 친구들을 데리고 남옥이 있는 곳으로 갔다.

"남옥아, 내 친구들이야. 기억하지?"

"어머, 안녕하세요?"

남옥이 자리에서 일어나며 말했다. 그리고 종국과 영민, 남진과 차례로 악수를 했다.

"이게 얼마 만이에요. 참 반갑습니다."

종국은 환하게 웃으며 말했다.

"자, 다들 자리에 앉아 편히 얘기들 해. 나는 좀 더 둘러볼게."

동철은 이렇게 말하고는 아내가 있는 곳으로 갔다. 남옥과 친구들은 음식을 먹으며 즐겁게 이야기를 했다.

동철이 부부는 사돈과 함께 식사를 하며 즐거운 시간을 보냈다. 그러는 사이 축하연도 마무리 되었다. 축하연을 마치고 하객들이 돌아가고, 남옥도 며칠 후에 연락을 하겠다고 말한 뒤 돌아갔다. 친구들은 올 때처럼 각각 하객들을 인솔해 갔다. 아이들이 신혼여행을 떠난 뒤 동철이 부부는 사돈과 인사를 나눈 뒤 동준이 운전하는 차를 타고 원주로 왔다.

스위스로 신혼여행을 다녀 온 후 아이들이 신접살림을 차린 지도 어느 덧 5개월이 지났다. 아이들이 즐겁게 생활하는 것을 보면서 동철은 매우 흡족해했다. 자식을 낳아 가르쳐 한 인격체로 길러낸다는 것이 얼마나 값지고 고귀한 일인지 수빈을 보면서 동철은 다시금 깨달았다.

의빈은 여전히 고시준비로 여념이 없고, 아내는 아내대로 나름 잘 지내고 있고, 어머니 또한 더 심해지지 않으니 그것만으로도 동철은 만족스러웠다.

어머니를 자기 손으로 보살펴 드린 지 일 년이 지난 지금은 어머니를 살펴드리는 일이 매우 익숙해져서 책 읽는 여유도 생겼고, 좋아하는 음악도 즐겨들었다. 그러는 가운데 새해를 맞게 되었다.

동철의 나이 예순, 그는 예순이라는 나이가 믿기지 않았다. 쉰아홉과 예순이라는 나이차가 주는 그 느낌의 깊이는 사뭇 달랐다. 쉰아홉은 오십대지만, 예순은 육십대이기 때문이다.

새해 아침 의빈이가 집에 왔다. 그는 할머니를 뵙고, 동철과 식사를 한 뒤 한 시간 쯤 이런저런 이야기를 나눈 뒤, 엄마 집으로 가 엄마를 만나고는 곧바로 서울로 갔다. 의빈은 고시에 세 번 응시해 떨어지고 나서는 잠자는 시간과 밥 먹고 세수하는 등의 필요시간외에 시간 쓰는 것에 대해 불안해했다. 그는 공부를 하던 안 하던 책상에 앉아 있어야 마음이 편했다. 동철은 자신이 힘든 것보다도 의빈의 그런 모습에 더 마음이 아팠다.

청년 실업자가 백 만이 넘는 사회적 현실은 미취업 청년들에게는 앞날을 예감할 수조차 없는 불안함 그 자체였다. 게다가 회사들이 요구하는 스펙을 쌓기 위해 대학을 마치고도 학원비에다 용돈이다 해서 부모의 경제적 어려움은 어제 오늘의 이야기가 아니다. 베이비부머세대들의 고충은 이루 말할 수 없이 크다.

동철은 베이비부머세대로 치매에 걸린 어머니를 봉양하고, 의빈을 뒷바라지하느라 경제적으로나 심적으로 고충이 많다. 어머니를 모시는 것은 장남으로서 마땅한 일지만, 어머니 병원비와 약값 등은 동생들이 공동으로 부담을 해야 하는데 미국에 사는 여동생은 홀로 대학에 다니는 아들을 뒷바라지 하는 관계로 도움이 되지 못하고, 동준은 변변치 않은 작가 인세를 받아 생활을 하니 그 역시 도움이 되지 못하고, 막내 동민은 경제적으로 가장 안정적이지만, 동민이 처가 시댁에 가까이 하지 않는 관계로 집안 내왕을 거의 하지 않는다. 추석이나 설에도 얼굴만 보이고는 금방 가버리다 보니 그 또한 도움이 되지 못한다.

동철은 맏이로서 중학교를 마치고 새벽에는 신문을 돌리고 낮에는 검정고시를 준비하고, 저녁에는 중학생들을 과외하며 어머니를 도와 동생들을 뒷바라지 했지만, 동생들은 그의 덕을 모른다. 동철은 그런 동생들이 야속할 때도 있지만, 맏이로 태어난 자신이 당연히 해야 하는 일이라 여겨 동생들이 섭섭하게 해도 단 한 번도 내색을 한 적이 없다. 그는 자신에게 주어진 일은 마땅히 자신이 짊어지고 가야 하는 일이라 여겼던 것이다.

입춘이 지나고 나서 동철에게 걱정거리가 생겼다. 어머니가 점점 기력을 잃어갔기 때문이다. 그동안 다른 식구들은 알아볼 때도 있고 못 알아 볼 때도 있었지만, 동철만큼은 알아보았는데, 이젠 동철을 보고도 "댁은 뉘시오?"라고 하거나 "아저씨는 누구요?"라고 말해 그의 마음을 아프게 했다. 그리고 대 소변도 가리지 못할 때가 많아, 동철의 하루하루는 그야말로 살얼음판을 걷는 듯 했다. 동철은 어머니가 더 이상 나빠지지 않길 바랐지만, 어머니는 날이 갈수록 점점 더 증세가 심해져만 갔다.

사월로 접어든 어느 날 어머니 증세가 심상치 않자 동철은 어머니를 모시고 병원으로 갔다.

"어머니를 집에서 모시기보다는 요양병원에서 지내시게 하는 게 어머니에게는 더 좋을 듯합니다."

"네에? 그 정도로 안 좋아지셨습니까?"

"네. 그러니 그렇게 하는 게 좋겠습니다."

진료 후 의사는 어머니 증세가 많이 좋지 않으니, 집에서 모시기보다는 요양병원에 모시는 게 좋겠다고 말했다. 요양병원에는 전문교육을 받은 전담직원이 있어 언제 무슨 일이 있어도 즉시 대처할 수 있고, 날마다 건강 상태를 살피니 어머니를 위해서는 그렇게 하는 게 마땅하다는 것이 의사의 생각이었다. 동철은 잘 알겠다고 말하고는 어머니를 모시고 집으로 왔다.

어머니를 자리에 눕혀드리고, 거실로 나온 동철은 생각에 잠겼다. 자신이 어머니를 모시는 것이 도리인데 어머니를 위해서는 의사의 권유를 따르는 게 마땅하다는 생각에 이르자, 더 이상은 미룰 수 없어 그는 상의할 일이 있으니 동준에게 저녁에 집으로 오라고 했다.

저녁 7시쯤 동준이 왔다.

"저녁은 어떻게 했니?"

"오기 전에 먹었어요."

"그럼 커피나 한 잔 하자."

동철은 이렇게 말하고는 커피를 타서 동준에게 건네주었다. 그리고 자신은 유자차를 타서는 소파로 왔다.

"무슨 일 있어요?"

동준이 궁금증을 참지 못하고 말했다.

"너도 알다시피 요즘 어머니가 많이 안 좋으셔. 다른 사람은 못 알아볼 때 나는 알아 보셨는데, 이제는 나 까지도 못 알아보실 때가 더 많아. 그런데다 대소변도 실수를 많이 하시고. 오늘 어머니 모시고 병원에 다녀왔어. 그런데 의사가 어머니 상태가 많이 안 좋아 언제 어떤 일이 있을지 모르니 요양병원에 모시라고 하더구나. 그래서 의논 좀 하려고 오라고 했어."

"네에. 저는 의사 말대로 하는 게 좋겠어요. 어머니도 힘드실 것 같고, 형님도 지금과는 달리 많이 힘드실 거예요."

"어머니를 집에 모시지 못한다는 생각을 하면 마음이 너무 아파. 그런데 어머니에게 안 좋다고 하니, 어쩔 수 없이 병원으로 모셔야겠단 생각이 들더구나."

"그렇게 하세요, 형님. 어머니 요양병원에 모시면 비용이 문제지만 저도 제 능력껏 다달이 부담하겠습니다."

"그렇게 말해주니 고맙다."

"형님, 당연한 걸 갖고 왜 그렇게 말하세요. 그동안 집안일을 모두 형님이 해 오셨잖아요. 늘 형님께 죄송했어요. 이젠 형님 부담을 조금이라도 줄여드릴게요."

동준의 말은 동철에게 큰 위로가 되었다. 미국에 사는 여동생 동숙도 형편이 여의치 않으니 그렇고, 막내 동민은 처가사람 된지 이미 오래니 그 또한 도움이 되지 못했는데, 동준이 힘을 보태준다고 하니 그것만으로도 고마웠다. 명퇴를 했으니 통장에 있는 돈으로 병원비를 대야 하지만, 어머니를 요양병원에 모시면 시간을 자유롭게 쓸 수 있으니 무슨 일이든 해서 병원비를 대야겠다고 생각했다.

동철은 며칠 동안 요양병원 몇 군데를 알아보았다. 마침 지인을 통해 마음에 드는 요양병원을 정하고 집으로 돌아 온 동철은 어머니를 붙들고 불효를 용서해 달라며 울었다.

"아저씨, 울지 마요."

아무것도 모르는 어머니는 동철을 아저씨라고 부르며 울지 말라고 했다. 동철은 그런 어머니의 모습에 더욱 흐느껴 울었다. 어머니를 생각하면 그의 가슴은 갈기갈기 찢어지는 것만 같았다. 동철은 휴지를 끊어 눈물을 닦고 어머니에게 말했다.

"어머니, 저 없어도 잘 지내실 수 있으시겠어요?"

"네."

"어머니, 제가 자주 뵈러 갈 거예요."

"네."

동철의 묻는 말에 어머니는 "네네." 하며 대답하였다. 동철은 또 다시 "흑!" 하고 눈물을 흘렸다. 무슨 말인지도 모른 채 대답하는 어머니께 너무 죄송해서였다. 그날 밤 동철은 잠든 어머니 곁에서 잠이 들었다.

다음 날 아침 자리에서 일어난 동철은 어머니께 드릴 죽을 끓이고, 어머니를 씻겨드리고 고운 옷으로 갈아입혀 드렸다. 그리고 나서 어머니에게 죽을 떠먹여 드렸다. 아무것도 모르는 어머니는 마치 천진난만한 아이 같았다. 동철은 어머니가 죽을 다 드시자, 자신도 한 술 떡 먹는데 동준이 왔다.

"아침은 어떻게 했니?"

"먹었어요. 어세 드세요."

동준이 먹었다는 말에 동철은 마저 먹고는 자리에서 일어났다. 그리고 자신은 어머니를 부축하고, 동준은 어머니 짐을 챙겨 밖으로 나갔다. 병원으로 가는 내내 동철은 아무 말도 하지 않았다. 동준이 어머니에게 이런 말 저런 말을 하였다. 어머니는 아는지 모르는지 동준의 말에 웃음을 짓곤 했다. 도심지에도 봄이 오는 것이 완연했다. 사람들의 옷차림이 밝고 화사해졌고, 하늘은 맑고 날씨는 포근하였다.

병원에 도착해서 어머니를 입원실로 모시고 갔다. 한 입원실에 네 명이 함께 지내는데 다른 요양병원보다는 입원실이 넓어 좋았다.

어머니 병상은 안쪽 창가에 있어 볕이 잘 드는 곳이다. 간호사가 와서 어머니에게 병원복을 입혀드리고, 동철에게 여러 가지 사항에 대해 이야기를 전해주고 갔다.

"어머니, 잘 지내셔야 돼요. 제가 자주 올게요."

어머니는 동철의 말에 고개를 끄덕였다. 그 모습을 보고 동준이 말했다.

"우리 어머니, 오늘 기분이 좋아 보이시네요. 어머니, 저도 자주 올게요."

어머니는 이번에도 고개를 끄덕였다. 어머니가 동철과 동준의 말을 알아듣고 고개를 끄덕이는지는 알 수 없지만, 동철은 어머니가 고개를 끄덕였다는 것만으로도 조금은 마음이 놓였다. 하지만 그것도 잠깐 동철의 눈가엔 이슬이 맺혔다. 어머니를 홀로 두고 간다는 것이 못내 서럽고 죄송스러웠던 것이다.

"형님, 어머니 괜찮으실 거예요. 형님이 눈물지면 어머니가

마음 아파 하실지도 몰라요. 형님도 저도 자주 찾아 뵐 거잖아
요."

"그래, 알았다. 이제 그만 가자."

"네, 형님."

동철은 어머니를 꼭 안아드리고 입원실을 나섰다. 어머니는
병상에 누워 그들이 가는 것을 빤히 쳐다보았다. 동철은 간호
사실로 가서 어머니를 잘 부탁한다고 말하고는 집으로 왔다.

어머니가 계시지 않는 집은 썰렁했다. 편찮으신 어머니가 계
시는 것만으로도 그걸 몰랐는데, 비로소 실감할 수 있었다.

동철은 도서관에서 강사를 모집한다는 얘기를 듣고 영문과
출신답게 회화에 능통해 영어강사 부문에 이력서를 제출하였
다. 그리고 한 달 후 영어강사로 위촉되었다. 그는 일주일에 월
요일과 수요일에 영어를 가르쳤다. 명퇴 후 2년 동안 집에서 어
머니를 간병하다 외부 활동을 시작하니 세상이 달라져 보였다.
마치 2년 동안의 시간이 어디론가 흔적도 없이 사라진 기분이
었다.

사람에게 있어 건강이 얼마나 소중한 것인지를 뼈저리게 느
낀 동철은 가진 것은 없어도 자신이 건강한 것에 감사하며 하
루하루를 알차게 보냈다. 그는 일주일에 두 번 병원으로 가 어
머니를 보살펴드리고 저녁에 집으로 왔다. 어머니는 다행이도
더 나빠지지 않았다. 동준이도 동철과 번갈아가며 어머니를 살

펴드렸다.

그러던 어느 날 미국의 동숙이로부터 편지가 왔다. 편지봉투에는 어머니를 살펴드리는 일에 함께 하지 못해 마안하다는 편지와 함께 3천 달러가 들어있었다.

동철은 어려운데 무슨 돈을 보냈느냐며 카톡을 하였다. 남의 나라에서 남편 없이 살아가는 동생이 늘 안쓰러운 동철의 눈에 눈물이 맺혔다. 자존심 강하고 남에게 굽히는 것을 죽기보다 싫어하며 이기적인 면도 있는 동생이라 더더욱 마음 저리곤 했다.

그런데 그런 동생이 돈을 보냈으니 마음은 기쁘면서도 한편으로는 가슴이 아렸다.

지금처럼 형제가 한두 명인 경우와는 달리 여러 형제를 둔한 가족의 맏이로 산다는 것은 어쩌면 숙명과도 같은 일이다. 맏이로 태어나고 싶어 태어나는 것이 아니다 보니, 맏이의 역할은 그만큼 크고 깊고 넓은 것이다. 동철은 이를 누구보다도 잘 알았고, 운다고 달라지는 것은 어디에도 없다는 것을 누구보다도 잘 안다. 그래서 도망치고 싶을 때에도 담담하게 참아낼 수 있었다.

저 멀리 바라다 보이는 치악산이 발갛게 단풍이 든 어느 날 백남옥으로부터 전화가 왔다. 내일 원주에 갈 일이 있는데 보자고 했다. 전화를 끊고 난 동철은 거울을 보다 머리가 긴 것 같아 미용실로 가서 머리를 깎고 왔다. 머리를 깎고 나자 자신이 봐도 5년은 젊어진 것 같았다. 저녁을 먹고 나서 뉴스를 본후, 일찍 잠자리에 들었지만 잠은 쉬 오지 않았다.

백남옥이 미국으로 떠난 지 35년 만에 만났을 때보다도 오늘은 이상하게도 더 마음이 설레는 것을 느꼈다. 마치 연애감정 같은 그런 느낌이었다. 동철은 두 손으로 가슴을 쓸어내리며 '내가 지금 무슨 생각을 하는 거지.'라고 속으로 말했지만 그 감정은 잠들 때까지 계속 이어졌다.

이튿날 동철은 백남옥이 알려준 레스토랑 〈프라하〉로 갔다. 거리의 가로수들이 노랗게 붉게 물들어 가을의 운치를 더했다. 그저 보는 것만으로도 좋았고, 누군가를 간절히 떠올리게 할만큼 좋은 날씨였다. 십여 분 후 동철은 레스토랑 〈프라하〉에 도착했다. 레스토랑은 동유럽 풍의 인테리어로 장식되어 있어 마치 동유럽의 어느 레스토랑인 듯 여길 만큼 운치가 있었다.

동철은 가을볕이 잘 드는 창가에 앉았다. 마침 그리스 국민 작곡가인 미키스 데오도라 키스가 작곡하고 아그네스 발차가 부른 '카테니리행 기차는 8시에 떠나가네'가 홀 안을 물 흐르듯 잔잔하게 울려 퍼졌다. 동철은 깊은 심호흡을 하며 눈을 감고 노래를 음미하였다.

그런데 그 때 "동철아, 나야."하는 백남옥의 목소리가 들렸다. 눈을 뜨자 그녀가 환하게 웃으며 자리에 앉았다.

"어, 어서와."

동철은 이렇게 말하며 손을 내밀어 악수를 청했다. 그녀의 희고 가녀린 손이 그의 손바닥에 닿았을 때 약간 움찔하였다. 40년 전 그녀를 교회에서 처음 만났을 때 나눴던 악수의 느낌이 그대로 재현되었던 것이다. 악수를 하고 나서도 그 짜릿한 감촉이 그대로 손바닥에 남아 마음이 두근거렸다. 그는 자신의 그런 마음을 그녀가 눈치 채지 않도록 각별히 조심하였다.

"그동안 잘 지냈어?"

백남옥은 환하게 웃으며 말했다. 마치 싱그러운 백합화를 보는 듯 했다. 예순의 그녀가 소녀처럼 느껴지다니, 그 만큼 그녀는 곱고 순수해 보였던 것이다.

"잘 지냈지. 너는?"

"나도 잘 지냈어. 참 네 딸 너무 예쁘더라. 나도 그런 딸 하나 있으면 원이 없겠다."

이렇게 말하는 남옥의 얼굴엔 부러움으로 물들었다. 동철은 그녀의 그런 마음을 충분히 이해할 수 있었다. 수빈이 결혼하고 나서 보고 싶을 때 맘대로 볼 수 없는 상황이고 보니 그 심정이 이해가 되었던 것이다.

"네 마음 이해해. 그런데 왜 아이를 안 낳았어?"

"안 낳은 게 아니라 안 생겼어."

"그, 그랬구나."

"어쩔 수 없는 일이니 진즉에 포기하고 살았는데, 네 딸을 보니 문득 네 딸 같은 딸이 하나 있었으면 얼마나 좋을까 하는 생각이 들었어. 지난 번 결혼식 때 보고나서……."

"……."

"하지만 어쩌겠니. 이것도 다 내 인생인데 뭐."

남옥은 이렇게 말하며 엷게 미소 지었다.

"하는 일은 잘 돼?"

동철은 분위기를 바꾸기 위해 하는 일이 잘 되느냐고 물었다. 남옥이 작년 봄에 서울 신사동에 레스토랑 〈로마의 휴일〉을 내었는데, 개업식 때 동철이 참석하여 축하해 주었었다. 그후 잘 된다는 얘기를 들었지만, 지금은 어떤가 하여 물어봄으로써 살짝 다운 된 분위기를 바꿔보자는 의미로 한 말이었다.

"응. 감사하게도 생각보다 잘 돼."

"그래? 잘 된다니 내 마음이 참 좋다."

"고마워. 내 마음을 알아주는 사람은 역시 너 밖에 없구나."

백남옥은 이렇게 말하며 기분 좋은 표정을 지었다.

"원주는 무슨 일로?"

"무슨 일이 있어야 오니. 네가 있으니까 오지."

동철은 그녀의 말에 엷게 미소 지며 말했다.

"무슨 일이 있는 것 같은데……."

"원주에 〈로마의 휴일〉 지점을 내고 싶어서 왔어."

"그래? 장소는 봐 둔 데가 있어?"

"응. 지인을 통해 부동산 업자를 소개 받았는데, 이따 만나기로 했어. 같이 가 줄 수 있지?"

"응."

남옥의 말에 동철은 짧게 대답했다.

"네가 내 곁에 있어 정말 든든하다."

남옥은 이렇게 말하며 동철을 그윽한 눈으로 바라보았다. 그녀의 눈은 고등학교 때 그를 바라보았던 눈과 조금도 변함이 없어 신기할 정도였다. 동철은 그 때 생각이 나자 쑥스러움이 들어 엷게 웃었다. 예순이 넘은 나이에 그런 감정이 들다니, 동철은 자신이 생각해도 아이러니했다. 그들은 이야기를 주고받으며 식사를 한 후 부동산 업자를 만나러갔다. 부동산 업자와 만나 무실동 신시가지에 있는 새로 지은 빌딩을 세군데 살펴본 후 그 중 한 빌딩을 인수하기로 계약하였다. 주변으로 시청과 법조타운이 있고, 사무실이 밀집되어 있는 지역이고 인근에 새롭게 신설되는 역이 있고 그곳에 새로운 주거지역이 조성되어 발전가능성이 그 어느 곳보다 좋은 곳이었다. 건물을 계약하고 나서 커피숍에 들려 차를 마시며 이야기를 했다.

"건물 외관이 멋진데다가 좋은 자재를 써서 빌딩이 맘에 들어."

남옥은 빌딩이 맘에 든다며 만족해했다. 건물은 7층인데 1층은 유명브랜드 커피숍을 직접 내고, 2, 3층에는 레스토랑〈로마의 휴일〉지점을 4층부터 7층은 사무실을 준다고 했다. 동철은 그런 남옥의 모습에서 여장부다운 모습을 보았다. 미국에서 남편이 하던 사업을 물려받아 경영했던 노하우를 십분 발휘할 수 있겠다 싶어 그녀가 다시 보였다.

"너의 새로운 모습을 보는 것 같아 네가 다른 여자처럼 보인다."

"그래? 좋다는 거야 나쁘다는 거야?"

"물론, 좋다는 거지. 앞으로 잘 될 것 같다는 확신이 들었어."

"네가 그렇게 생각했다니, 이미 반은 성공한 거나 다름없네."

남옥은 기분 좋게 웃으며 말했다. 그녀는 곧 바로 공사에 들어간다고 말했다. 이미 서울에 공사할 인테리어 회사가 정해져 있고, 커피숍 브랜드도 정해져 있었다. 남옥은 공사를 하는 동안 자주 내려 올 거라고 말하고는 저녁을 먹고 나서 서울로 갔다.

집으로 돌아 온 동철은 그녀의 새로운 모습에 잠시 낯설음 같은 걸 느꼈지만, 신속하고 철저한 그녀의 태도에 놀라움을 금치 못했다. 동철은 씻고 나서 대추차를 마신 후 내일 강의할

교재를 훑어보았다. 그날 하루도 그의 인생에서 그렇게 지나
갔다.

　동철이 일주일에 두 번의 강의와 어머니를 찾아 간병을 하며
지내는 동안, 남옥은 틈틈이 원주에 내려와 공사를 지켜보았
고, 남옥이 오지 않는 날은 그녀를 대신해 동철이 지켜보았다.
인테리어 공사는 순조롭게 잘 진행되었고, 커피숍은 11월 말에
공사를 완료하고 12월 초에 오픈하였다. 레스토랑은 인테리어
외에도 주방시설을 꾸미는 관계로 12월 23일이 되어서야 공사
를 마쳤다.

　공사를 마치던 날 남옥이 동철에게 말했다.

　"나 뭐 하나 부탁해도 돼?"

　"뭔지 말해봐."

　"저, 레스토랑 〈로마의 휴일〉과 커피숍을 네가 맡아서 운영
했으면 하는데 네 생각은 어때?"

　"내가? 네 뜻은 고맙지만 난 할 수 없어."

　"왜? 어머니 때문에?"

　"응. 어머니 병원에 모셔두었지만 일주일에 두 번 내가 가서
간병해드리고 있어. 그리고 강의도 하고 있거든."

　"레스토랑 운영하면서 어머니 돌봐드리면 되잖아."

　"레스토랑 새로 시작하는데 집중해서 해야지. 그러니 좋은
사람을 들이도록 해."

동철의 말에 남옥은 더 이상 말 할 수 없었다. 그가 그렇게 얘기 하는데 더 권유한다는 것은 그에 대한 예의가 아니라고 생각했다. 동철의 책임감 있는 깔끔한 성격을 너무도 잘 아는 까닭이다.

"그래, 그렇게 할게. 하지만 나중에 여건이 되면 그 땐 거절 하지마."

남옥이 이렇게 말하며 엷게 미소 짓자 동철도 미소 지며 고 개를 끄덕였다.

새해를 맞아 1월 7일 레스토랑 〈로마의 휴일〉을 오픈하였다. 클래식하고 깔끔한 인테리어와 특색 있는 메뉴로 〈로마의 휴 일〉은 사람들의 호응 속에 날마다 성황을 이뤘다.

남옥은 일주일에 한 번씩 내려와서 커피숍과 〈로마의 휴일〉 을 점검하였다.

동철은 어머니 건강이 급격히 나빠지자 강의를 하는 것 외에 는 늘 병원에서 지내며 어머니를 간병했다. 어머니는 간간히 그를 알아보았으나, 이제는 그 마저도 알아보지 못했다.

동철은 어머니가 자신을 알아보지 못하더라도 오래 사셨으 면 좋겠다고 말했지만, 어머니의 건강은 극도로 나빠졌다. 동 철은 강의마저 그만 두었다. 조금이라도 어머니와 함께 하고 싶어서였다.

동철은 필요할 때만 집에 다녀오고 병원에서 지내면서 어머니를 살펴드렸지만, 그렇게 지낸지 3개월 째 되던 날 그러니까 7월 30일 어머니가 호흡곤란을 일으켜 한바탕 위기를 넘겼다. 그 일이 있은 후 자주 호흡곤란을 겪게 되자 의사는 오늘 진료를 한 후 마음의 준비를 하는 것이 좋겠다고 말했다.

　"마음의 준비를 하라고요?"

　"네. 아무래도 사흘을 넘기기 힘들 것 같습니다."

　"네에! 그, 그게 저, 정말입니까?"

　사흘을 넘기기 힘들겠다는 말에 동철은 놀란 표정으로 되물었다.

　"네. 오랜 경험상 그렇습니다."

　"……아, 알겠습니다."

　동철은 잠시 말을 잊은 듯 머뭇대다 대답하였다. 의사가 나가고 잠이 든 어머니를 바라보는 그의 볼을 타고 눈물이 흘러내렸다. 그는 입원실 안에 있는 화장실로 들어가 문을 잠그고, 수건으로 입을 막은 채 흐느껴 울었다. 어머니가 사흘을 넘기기 힘들겠다는 의사 말은 그에겐 크나 큰 절망과도 같았다. 동철의 눈물은 쉬 멈추지 않았다. 지금 까지 지내온 모든 것이 어머니의 은혜라고 여기는 그에게 어머니는 커다란 나무와 같은 존재였다.

　그런데 그런 거목이 영원히 자신의 곁을 떠난다고 생각하니 믿을 수가 없었다. 동철은 한동안 그렇게 있다, 세수를 하고 나왔다. 어머니는 여전히 깊은 잠에 빠져 있었다.

동철은 동준에게 전화를 해 병원으로 오라고 하였다. 30여 분 후 동준이 입원실 문을 열고 들어왔다.

"형님, 무슨 일 있어요?"

동준은 놀란 얼굴로 말했다.

"잠시, 밖으로 나가서 얘기하자."

둘은 밖으로 나가 휴게실로 갔다. 휴게실엔 다행히 아무도 없었다.

"내가 널 오라고 한 건 아까 의사가 어머니가 사흘을 넘기기 힘들 거라고 하더구나. 그래서 말인데 동숙이와 동민이에게 연락하고, 가까운 친지들에게도 어머니 살아계실 때 뵈려면 오라고 하거라."

"네에? 어, 어머니가 사흘을 넘기기 힘들 거라고요?"

동준 또한 놀란 얼굴로 말했다. 순간 그의 눈까풀이 파르르 떨렸다.

"그래. 그러니 오든 안 오든 꼭 연락할 땐 연락하거라. 내 책상 두 번째 서랍에 보면 손바닥만한 검정 수첩이 있을 거야. 거기 내가 별표로 표시한 사람들에게만 연락해."

"네, 형님."

동준이 돌아갈 때까지도 어머니는 잠에서 깨어나지 않았다.

기력이 쇠할 대로 쇠한 어머니의 뼈만 앙상한 손을 잡고 동철은 자신의 볼에 갖다 댔다. 이 연약한 손으로 젊은 나이에 아버지 없이 사남매를 거두신 어머니, 어머니의 놀라운 사랑을 그는 다시 한 번 절감하였다. 밤 11시쯤 잠시 깨었던 어머니는 다시 잠이 들었다. 동철도 어머니 옆에서 잠이 들었다.

다음 날 아침 눈을 뜨자 어머니가 깨어 있었다.

"어머니, 잘 주무셨어요?"

"응."

"어머니, 저 알아보시겠어요?"

"도, 도, 동, 철이……."

동철의 말에 어머니가 짧게 대답하자 그는 반가움에 눈물을 흘렸다. 3개월 전부턴 자신조차도 알아보지 못했는데, 자신을 알아보니 너무도 감격에 겨웠던 것이다. 어머니는 컨디션이 좋은지 음식도 잘 받아 잡수셨다. 동철은 수건으로 어머니 얼굴이며 손 등을 깨끗하게 닦아드렸다. 그리고 나서 한 시간 후 어머니는 잠이 들었다.

오후 2시 쯤 동철의 아내가 왔다. 어머니 조카들, 이어 의빈이와 수빈과 성민이 같은 차를 타고 왔다.

아내는 어머니의 손을 잡고 눈물을 흘렸다. 자신이 힘들다고 동철에게 맡기고는 집을 나간 것이 가슴 아파서였을까, 그녀의 눈물은 멈추지 않았다. 수빈도 할머니 손을 잡고, 자신의 볼에

다 대었다. 늘 예뻐해 주셨던 할머니가 곧 세상을 떠난다고 생각하니 눈물이 났다. 의빈은 입술을 깨물며 흐르는 눈물을 애써 참았다. 어머니의 조카들 눈에도 눈물이 맺혀 방울방울 떨어졌다. 다들 마음이 진정되자 어머니가 기다렸다는 듯이 잠에서 깨어났다.

"어머니, 저 누군지 아세요?"

"어, 어멈……."

아내는 어멈이라는 말에 어머니의 풀잎처럼 여린 손을 잡고 눈물지었다.

"할머니, 나 누구야?"

"수, 수빈이……."

"할머니 그러면 이 사람은 누구야?"

수빈이 성민을 가리키며 말했다. 어머니는 성민을 빤히 쳐다보더니 고개를 가로저었다. 그는 알아보지 못했다.

"할머니 저는요?"

"의, 의, 의빈이……."

"그럼 저희들은요?"

"차, 창수…… 미, 미자……."

놀랍게도 어머니는 성민을 빼고는 죄다 알아보았다. 동철은 그 신기함에 그저 놀라울 뿐이었다. 모두들 어머니가 자신들을 알아보았다고 좋아하였다. 그렇게 시간이 지나고 나서 어머니는 또다시 잠이 들었다.

"어머니가 이처럼 모두를 알아본다는 것은 기적이야. 근 3개월 동안은 나도 못 알아보셨거든. 다들 와줘서 고맙다. 그리고 언제 돌아가실지 모르니, 다들 마음의 준비하고 있거라."

동철의 말에 다들 고개를 끄덕였다.

모두들 돌아가고 나서 동철은 어머니가 다들 알아보신 건 어머니도 곧 떠나실 채비를 하는 거라는 생각이 들었다.

밤 11시 쯤 동숙이로부터 전화가 왔다. 내일 저녁 비행기로 한국에 오겠다고 했다. 동철은 알았다고 한 뒤 전화를 끊었다. 여동생이 힘든 가운데서도 한국에 오겠다고 하니 그저 고마울 뿐이었다. 그날도 그렇게 지나갔다.

다음날 이른 아침 동철은 어머니가 깊은 숨을 힘들게 몰아쉬는 것을 보고는 간호사실로 연락했다. 잠시 후 의사와 간호사가 달려왔다. 의사는 어머니를 이리저리 살펴본 후 말했다.

"아무래도 오늘을 넘기지 못하실 것 같습니다."

"그, 그래요?"

"네. 마음의 준비를 하시는 게 좋을 듯 합니다."

"아, 알겠습니다."

의사는 이렇게 말하고는 입원실을 나갔다.

동철은 마음을 가라앉히고 어머니를 바라보았다. 어머니는 지속적으로 거친 숨을 몰아쉬었다. 동철은 그런 어머니가 애처로워 손을 꼭 잡았다. 지속적으로 거친 숨을 몰아쉬던 어머니는 저녁 5시가 되어 숨을 멈추었다.

"어머니! 어머니 눈 좀 떠 보세요. 네, 어머니!"

동철은 어머니를 부둥켜안고 몸부림치며 울었다. 평생을 자식을 위해 헌신한 어머니의 죽음은 그에게는 청천벽력과도 같았다. 어찌나 서럽게 우는지 병원복도를 지나가던 사람들이 걸음을 멈추고 연신 들여다보았다.

바로 그 때 동준이 헐레벌떡 문을 열고 들어왔다. 서울에 일을 보러갔던 동준은 어머니가 오늘을 넘기기 힘들겠다는 동철의 전화를 받고 부리나케 달려 온 것이다. 동준도 어머니를 부둥켜안고 큰소리로 울었다. 얼마 후 동철의 아내가 도착하고, 어제는 오지 않았던 동민이 도착했다. 아내도 동민도 눈물을 흘리며 슬퍼하였다. 한동안 눈물을 흘리던 그들이 마음을 가라앉히고 나자 담당자가 와서 어머니를 시신 안치실로 모셨다.

동철은 장례준비에 들어갔다. 동준은 여기저기 어머니의 부음을 알렸다. 부음을 전한지 한 시간 후쯤 최종국과 박영민이 달려왔다. 그리고 이어 허남진도 왔다. 어머니 조카들도 오고, 여기저기서 추모객들이 몰려왔다. 저녁 9시쯤 의빈과 수빈, 성민과 사돈 내외가 왔다. 동민이 처는 11시가 다 되어서야 왔다. 며느리로서 어머니의 걱정근심만 하게 했던 그녀는 오늘 만큼은 며느리로서의 본분을 다 하려는 양, 손위 동서가 시키는 대로 고분고분 따랐다.

다음 날은 아침부터 추모객들이 몰려왔다. 오후 1시에는 백남옥이 왔다. 그리고 저녁 10시가 되어서 동숙이 도착했다. 동숙은 어머니 사진을 끌어안고 구슬프게 울었다. 미국에서 남편 없이 직장에 다니며 어렵게 살다보니, 그동안 두 번 한국에 다녀간 것이 전부였다. 그러다보니 어머니에 대한 그리움이 그 누구보다도 깊었다. 어머니 또한 남편 없이 남의 나라에서 아이를 키우며 사는 그녀를 늘 안쓰러워했는데, 죽어서야 그렇게도 보고 싶었던 딸을 만난 것이다.

"동숙아, 이제 그만 울 거라."

"오빠, 미안해. 오빠에게만 무거운 짐을 지우게 해서……."

"그게 무슨 말이야. 난 괜찮아. 그러니 마음 쓰지 마."

동철이 동숙을 위로하자 동숙은 오빠에게 미안하다며 엉엉 울었다. 오빠 혼자서 어머니를 모시게 한 것이 너무도 미안했던 것이다. 동철은 그런 여동생을 따뜻하게 위로해주었다.

어머니 돌아가시고 오랜만에 사남매가 한자리에 모였다. 그 날은 그렇게 지나가고 있었다.

다음날 발인을 하였다. 무더운 날씨에도 많은 조문객들이 함께 해서 동철은 어머니 가시는 길이 외롭지 만은 않았다. 오후 4시가 되어서 어머니를 봉안당에 모심으로써 장례식을 마쳤다.

최종국과 박영민은 사흘 동안 꼬박 동철과 함께 하였고, 허남진은 직장에 다녀와서는 밤 12시까지 함께 하였다. 동철은 친구들이 참 고마웠다. 자신이 어려울 때 함께 하는 친구가 있다는 것은 그 어떤 자산보다도 귀하다는 것을 새삼 깨달았다.

　"남옥아, 바쁠 텐데 끝까지 함께 해줘서 고맙다."

　"고맙긴. 당연히 그래야지."

　남옥은 동철의 말에 아주 당연하다는 듯이 말했다. 동철은 그녀가 참 고마웠다. 찾아 준 것만도 고마운데 이틀 동안 함께 하며 끝까지 자신의 곁을 지켜주었다는 것이 그렇게 고마울 수가 없었다. 남옥은 몸과 마음을 잘 추스르라는 말을 하고는 서울로 갔다.

　동숙은 보름 동안 있다 미국으로 돌아갔다.

　이제 다시 일상으로 돌아왔다. 동철은 종국과 영민, 남진을 〈벤허〉로 모이게 했다. 어머니 장례식 때 너무도 수고한 친구들이기에 답례를 하기 위해서였다. 동철이 〈벤허〉에 갔을 땐 아직 아무도 오지 않았다. 약속 시간보다 일찍 간 것이다. 동철이 〈벤허〉 사장과 이런저런 이야기를 하는 데 종국이 문을 열고 들어왔다. 동철이 그를 향해 말했다.

　"어서와."

　"어, 일찍 왔나보네."

"온지 10여분 됐어."

"그랬구나."

종국이 이렇게 말하며 〈벤허〉 사장과 악수를 하고 자리에 앉았다. 〈벤허〉 사장이 주방으로 가고 영민과 남진이 함께 문을 열고 들어왔다.

"어서들 와."

동철은 손을 흔들며 기쁘게 말했다.

"역시 〈벤허〉에 오면 마음이 편안해져."

영민이 이렇게 말하며 자리에 앉자 남진이 그의 어깨를 툭 치며 웃었다.

"다들 지난 번 수고 많았다."

"수고는, 마땅히 해야 할 일을 한 것뿐이야."

종국의 말에 영민도 남진도 "그럼, 그럼" 하고 맞장구를 쳤다. 친구들의 말에 동철은 빙그레 웃었다.

"남옥이도 끝까지 함께 해 나 감명 받았어."

영민의 말에 종국도 남진도 고개를 끄덕이며 공감을 표했다.

"그러게 말야. 참 고맙더라고."

동철은 이렇게 말하며 엷게 웃었다.

"남옥이 아직도 너에 대한 감정이 그대로인 것 같더라."

"감정은 무슨? 그냥 친했던 친구니까 그렇게 보였겠지."

남진의 말에 동철이 말했다.

"아냐. 내가 봐도 그렇게 보이던데."

"맞아. 내 눈에도 그렇게 보였어."

종국의 말에 영민이 맞장구를 치며 말했다.

"다들 왜 그래? 설령, 그렇게 보였다 치자, 지금 와서 그게 다 무슨 소용이야. 다 지나간 추억일 뿐이야."

동철은 이렇게 말하며 물을 마셨다. 그랬다. 동철의 마음은 단지 지나간 추억일 뿐이었다. 그 때 사장이 직접 부대찌개와 낙지볶음을 내 왔다.

"즐거운 시간 보내세요. 오늘 술은 공짭니다."

"정말입니까? 술 두 박스도 먹을 수 있는 데도요?"

사장의 말에 종국이 말하자 모두들 한바탕 크게 웃었다.

"두 박스 아니라 열 박스라도 드리겠습니다."

사장이 이렇게 말하며 웃자 "감사합니다, 사장님." 동철이 감사하다며 말했다. 같은 동년배라 사장은 동철 일행을 친구처럼 늘 각별하게 대해주었다. 사장이 가고 나서 그들은 술을 마셨다. 동철은 친구들과 함께 하는 것만으로도 위안이 되었다. 술잔이 서너 잔 돌고 나자 종국이 말했다.

"참, 남옥에 대해 말해봐. 지난번에 말해준다고 했잖아."

"종국이는 남이야기에 대한 기억력은 유별나다니까."

종국의 말에 동철이 웃으며 말했다.

"어서 해 봐. 나도 궁금해 미치겠다."

이번엔 남진이 거들고 나섰다.

"아이고 이것들을 그냥."

동철은 목에 손을 갖다 대는 시늉을 하며 말하고는 지난번 남옥과 있었던 이야기에 대해 말해주었다. 남 연애이야기나 사랑이야기는 꿀처럼 달콤하고, 키위처럼 상큼한 것이어서 일까, 예순 하나의 그들은 마치 열일곱 소년이라도 되는 양 진지하게 경청하였다. 동철이 얘기를 마치고 나자 모두 심취한 모습이었다. 동철은 그들을 보고 웃으며 말했다.

"됐냐? 이제 속 시원하지?"

그들은 고개를 끄덕이며 "그래, 시원하다."라고 말해 동철은 한바탕 껄껄대며 웃었다.

"남옥이도 참 안 됐구나. 하지만 그것도 다 자기 인생이지."

"그래. 다 자기 인생이지."

종국의 말에 영민이 맞장구를 치며 말했다.

"남옥이가 수빈이 엄마와 졸혼한 거 아니?"

남진이 술을 마시고 나서 말했다.

"몰라. 말 안했어."

동철은 이렇게 말하며 낙지볶음을 먹었다.

"좋은 소식도 아닌데 구태여 말할 필요가 없지. 안 그래?"

영민은 이렇게 말하며 동철을 바라보았다.

"아마 모르긴 몰라도, 그 사실을 알면 동철이에 대한 감정이 더 깊어질 거야."

중국이 이렇게 말하며 술을 마시자 남진이 말을 받아 말했다.

"그럴지도 모르지. 아니, 충분히 그러고도 남을 거야."

친구들 얘기를 듣고 있다가 동철이 말했다.

"다들 쓸데없는 소리 그만해. 나도 그렇고 남옥이도 내 마음하고 똑 같아."

"남옥이 마음이 너와 같다는 걸 어떻게 알아? 내 눈은 못 속여. 남옥이 널 바라보는 눈엔 사랑이 가득하더라. 그냥 널 보는게 아냐."

종국은 이렇게 말하며 영민과 남진을 보며 "안 그래?" 하고 말하자 둘 다 고개를 끄덕이며 동의하였다.

"야, 이제 그만해. 자꾸 그러면 나 삐진다."

동철이 삐진다는 말에 다들 "와하하" 하고 웃었다. 친구들은 그렇게 웃으며 모처럼 흥겨운 시간을 보냈다. 12시가 다 되어 자리에서 일어났다. 그리고는 밖으로 나와 각자 흩어져 집으로 돌아갔다.

집으로 돌아온 동철은 썰렁한 집안 분위기에 마음이 저렸다. 어머니도 안 계시고, 아내도 없는 집은 깊은 산속 동굴처럼 적막하고 쓸쓸했다. 동철은 냉장고에서 물을 꺼내 마셨다.

그런데 갑자기 친구들이 했던 말이 귓가를 맴돌았다. 그는 이 생각 저 생각을 하다, 다 부질 없는 생각이지, 라고 중얼거렸다. 한번 지나가 버린 인연이 지금에 와서 다시 맺어진다는 것도 그렇고, 아무리 남옥이 잊지 못할 첫사랑이라고 해도, 자신은 비록 졸혼은 했지만 엄연히 아내가 있는 몸이었다. 동철은 취기가 돌자 자리에서 일어나 방으로 들어가 옷을 갈아입고는 침대에 그대로 곯아 떨어졌다.

친구들과의 만남 이후 동철의 일상은 독서와 산책, 그리고 틈틈이 노트에 글을 쓰는 일이 반복되었다. 하지만 동철은 아직도 어머니가 떠나셨다는 사실이 믿기지 않아 수시로 어머니 방을 열어 보았다. 어머니가 안 계시는 걸 알면서도 그럴 때마다 눈물을 흘렸다. 동철은 일주일에 한 번씩 어머니를 뵈러 갔다. 어머니를 뵙고 와야만 마음이 안정이 되었다. 그렇게 생활한지 1개월 후 동철은 다시 강의를 시작했다. 그는 마음의 공허함을 떨치기 위해 도서관 외에도 백화점 문화센터에서 새롭게 강의를 시작했다. 도서관에서 이틀, 문화센터에서 이틀 해서 일주일에 나흘을 강의하였다. 동철은 자신을 바쁘게 함으로써 어머니의 환영에서 벗어 날 수 있었다.

11월 1일 의빈으로부터 전화가 왔다. 7급 국가시험에 합격했다는 전화였다. 동철은 너무나 기뻐 "의빈아, 축하한다. 정말

장하다."라고 말하며 기쁨을 감추지 못했다.

의빈은 작년에 고시에 떨어지고 나자 동철에게 죄송하다며 7급 공무원 시험을 보겠다고 했다. 그리고 합격해서 공무원을 하며 고시에 도전하겠다고 했다. 동철은 아버지의 형편을 생각해 자신의 꿈을 미루고 공무원 시험을 보겠다는 의빈이의 말을 듣고 마음이 많이 아팠다. 그래서 그는 지금처럼 학원비와 생활비를 지원해줄 테니 하는데 까지 해보라고 했다. 의빈은 그러면 자신이 나쁜 아들이 될 것 같으니, 공무원 시험에 합격한후 다시 고시를 준비할 테니 허락해 달라고 간청해 동철은 할수 없이 그렇게 하라고 한 것인데 7급 공무원시험에 합격한 것이다.

전화를 끊고 난 동철의 눈가에 눈물이 맺혔다. 힘들게 공부해서 7급 공무원시험에 합격했으니, 이제 목표의 반은 이룬 셈이나 다름없었다. 의빈의 합격소식은 어머니가 돌아가시고 나서 허전한 그의 마음에 한 가닥 기쁨이 되었다.

최종국의
죽음

의빈이 합격소식이 있고나서 이틀 후 종국이 만나자며 연락을 했다. 지난 번 〈벤허〉에서 본 이후로 처음 갖는 만남이었다. 동철은 이상하게도 약속장소로 가는 내내 마음이 불안했다. 종국의 전화 목소리에 뭔지 모를 우울함이 묻어났기 때문이다.

〈벤허〉에 도착해 문을 열고 들어가자, 안쪽 깊숙한 곳에 앉아 있던 종국이 동철을 보고 손을 흔들었다.

"어, 먼저 와 있었네."

동철이 약속시간보다 10분이나 일찍 왔는데도 종국이 먼저 와 있자 이렇게 말하며 자리에 앉았다.

"어서와. 남는 게 시간인데 뭐."

종국은 이렇게 말하며 쓸쓸한 표정을 지었다.

"왜, 무슨 일 있니?"

동철은 그의 표정에서 진한 슬픔이 배어 있음을 느꼈다.

"그냥 좀……."

이렇게 말하는 종국의 목소리에는 마른 물기가 얼룩져 있다. 동철은 그에게 필경 무슨 일이 있음을 직감했다. 가족에게 버림받고도 늘 씩씩한 모습을 보이던 그가 어쩐지 기운이 하나도 없었다. 동철이 무슨 말인가를 하려는데 사장이 부대찌개와 소주를 내왔다.

"오셨습니까?"

"네, 여전하시죠?"

"네, 덕분에……. 맛있게 드십시오."

"네."

동철이 사장과 주고받는 말에 종국은 물끄러미 바라볼 뿐 그어떤 말도 하지 않았다. 사장이 가고 나자 동철이 종국의 잔에 소주를 따라주고, 자신의 잔에도 따랐다.

"자, 한 잔 하지?"

동철의 말에 종국은 단숨에 소주를 들이켰다. 동철도 단숨에 술을 비우고 그의 잔에 다시 소주를 따라주었다. 종국은 또 다시 단숨에 들이켰다. 동철은 안 되겠다싶어 말을 꺼냈다.

"무슨 일인지 몰라도 천천히 마셔……."

동철의 말에 종국이 갑자기 눈물을 흘리더니 흐느껴 울었다.

갑작스런 그의 모습에 놀란 동철이 술잔을 들고 있다 놓으며 말했다.

"무슨 일이야? 무슨 일인데 그래……."

지금껏 그에게서 볼 수 없었던 행동이라 동철은 불안감을 감출 수 없었다. 종국은 동철의 말에도 아무 말 없이 계속 흐느끼기만 했다. 동철은 답답했지만 그가 말할 때까지 가만히 있었다. 얼마쯤 지나자 울음을 그친 종국이 젖은 눈으로 동철을 바라보며 말했다.

"동철아, 우리 기수가…… 우리 기수가……."

종국은 막내 딸 기수 이름을 말하며 차마 말을 잇지 못했다.

"기수가 왜? 기수에게 무슨 일 있는 거야?"

동철은 기수에게 무슨 일이 있음을 직감하고 다그쳐 물었다.

"기수가…… 우리 기수가 보름 전에…… 저, 제상으로 갔어."

"뭐라고? 기수가 저 세상으로 갔다고?"

동철은 믿기지 않아 떨리는 목소리로 말했다. 그러자 종국은 대답대신 큰 소리로 흐느꼈다.

"어쩌다, 어쩌다 그랬어?"

이렇게 말하는 동철의 눈에서도 눈물이 주르르 흘러나왔다. 종국이 막내라고 너무도 예뻐한 딸이었는데, 아닌 밤중에 홍두깨라고 죽다니 대체 이게 무슨 일인가 싶었다. 동철은 흐느껴

우는 종국을 붙들고 같이 울었다. 그의 심정이 오죽할까, 싶어 가슴이 타 들어가는 것처럼 슬픔의 통증이 일었던 것이다. 얼마를 그렇게 울던 그들은 마음이 진정되자 서로를 젖은 눈으로 바라보았다.

마음을 진정시킨 종국이 말했다.

"내가 사업 망하고 나서 기수의 혼사가 깨졌잖아. 그 때 이후로 기수가 나를 멀리 했어……. 그 때를 생각하면 기수의 혼사 길을 막히게 한 내 자신이 그렇게도 미울 수가 없어……. 나도 내가 미운데, 기수는 아빠가 얼마나 미워겠어……. 너한테는 말 안했지만, 나 그동안 우리 기수가 얼마나 보고 싶었는지 몰라……."

종국은 이렇게 말하고는 잠시 말을 끊었다. 그는 또 다시 흐느끼기 시작했다. 종국은 기수 혼사가 깨지고 나서 근 5년 가까이 딸을 본 적이 없었다. 그토록 애지중지하던 딸을 볼 수 없다는 것은 그에게는 죽어서도 지울 수 없는 한이 되었던 것이다. 종국을 바라보는 동철의 눈가에도 다시 눈물이 맺혔다. 딸을 둔 아버지로써 느끼는 강한 동질감이 그를 슬픔으로 몰아갔다. 잠시 주검 같은 침묵이 흘렀다. 마음을 가까스로 진정시킨 종국이 말을 이어나갔다.

"우리 기수가 마음의 상처를 입고 그동안 마음고생이 무척 심했대……. 자신이 너무도 사랑하는 남자에게 배신을 당했으

니, 그것도 못난 아빠 때문에……. 마음고생을 하면서도 잘 버
텨왔는데, 남자 친구가 자신의 친한 친구와 결혼했다는 소식을
듣고는, 배신감과 분노에 사로잡혀 일주일을 밥도 안 먹고 절
망하다가 그만, 다리에서 뛰어내렸대……. 그게 마지막이 될
줄이야……."

종국은 또 다시 꺼이꺼이 울어댔다.

"그, 그런 일이, 이, 있었구나……"

동철은 너무나 충격적이어서 말도 제대로 잇지 못하고 흐느
꼈다. 친구의 슬픔이 얼마나 큰지 알 수 있을 것만 같았다. 종
국도 동철도 한동안 울기만 했다. 홀에 있던 사람들은 무슨 피
치 못할 일이 있는가, 보다 하여 안쓰러운 표정으로 그들을 홀
끗홀끗 쳐다보곤 했다.

얼마 후 마음을 진정시킨 종국이 젖은 눈으로 동철을 바라보
며 말했다.

"동철아, 딸의 앞길을 막은 아빠가 세상에 어디 있겠니…….
나는 씻을 수 없는 죄를 지었어……. 딸을 죽게 한 아빠가 무슨
아빠며, 살아서 숨을 쉰다는 게 너무도 뻔뻔스러워 견딜 수가
없어……."

종국은 또 다시 말을 끊었다. 그의 눈에 또 다시 눈물이 고였
다.

"종국아, 무슨 말로도 위로가 안 되겠지만, 너무 자책하

지 마……. 기수도 이런 널 하늘에서 보고 있으면, 이해할 거
야……."

동철은 자신의 말이 그에게 하나도 위로가 되지 않는다는 걸
알면서도 이렇게 말할 수밖에 없었다. 그 어떤 말도 하지 않으
면 숨이 막혀 견딜 수가 없었던 것이다.

"난 이미 용서받을 수 없는 죄인이야…… 하루하루를 산들
무슨 소용이 있으며, 무슨 낙을 보겠다고 푸른 하늘을 바라보
겠니……."

"종국아, 네 맘이 오죽하겠니. 하지만 딴 생각하면 안 돼. 그
것은 기수를 더 슬프게 하는 일이야."

"……."

동철의 말에 종국은 아무 말 없이 깊은 숨을 몰아쉬었다. 마
치 그의 표정은 혼이 나간 사람 같았다. 동철은 그가 나쁜 맘이
라도 먹을까 하여 걱정이 되었다. 어떻게든 그가 딴 생각을 하
지 않도록 해야 하는데, 그 또한 동철의 마음을 무겁게 했다.

"동철아, 너도 힘든 상황에 있지만, 솔직히 나는 네가 부럽
다……."

"……."

동철은 자신을 부럽다고 말하는 종국을 말없이 바라보았다.
얼마나 힘이 들면 자신을 다 부럽다고 할까, 생각하니 마음이
찢어지는 것만 같았다.

"동철아, 넌 절대 수빈이 마음 아프게 하는 일 없도록 해······. 기수가 그렇게 가고 나니, 너무 보고 싶어 미치겠다······."

종국은 이렇게 말하며 피가 맺히도록 입술을 깨물었다.

"그래, 네 말 잘 새기도록 할게. 그러니 종국아, 기운 차려야 해. 지금 네 몰골이 말이 아니야. 이 말 밖에 해줄 수 없어 미안하다."

종국은 동철의 말에 눈물을 글썽인 채 고개를 끄덕였다. 동철과 종국은 새벽 한 시가 다 되어서야 밖으로 나왔다. 밖에는 비가 내리고 있었다.

동철은 택시를 잡아 종국을 집까지 바래다주고, 푹 자라고 신신당부를 하고는 집으로 왔다. 집에 와서도 영 마음이 개운치 않아 몇 번이고 전화를 할까, 하다 혹시 잠이라도 들었으면 방해가 될 것 같아 그냥 두었다.

동철은 주방으로 가서 냉수를 들이켰다. 갈증이 났던 것이다. 물을 마시고 소파에 기대 눈을 감았다. 그의 감은 눈 사이로 뜨거운 눈물이 흘러나왔다. 누구보다도 착하고, 성실하고, 의리 있는 종국이 처한 상황을 생각하니 너무도 속이 상했다. 동철은 많은 술을 마셨지만, 하나도 취하지 않았다. 여느 때 같으면 열 번은 더 취했을 것이다. 이상했다. 묘한 기분이 들었다. 그러기를 얼마였던가, 그는 소파에 기댄 채 잠이 들었다.

동철은 꿈을 꾸었다. 꿈속에 종국이 그를 보고, 자기가 먼저

가니 뒤처리를 부탁한다며 말했다. 그리고는 보자기에 싼 그 무엇을 그에게 건네주었다. 동철은 이게 뭐냐고 물었지만, 종국은 아무런 말도 하지 않은 채 손을 흔들며 어디론가 사라졌다. 동철은 가지 말라고 소리쳤으나, 그는 이내 사라지고 말았다.

순간 동철이 잠에서 깨어났다. 베란다를 바라보니 날이 환하게 밝아오고 있었다. 잠을 잤지만 동철은 개운치 않았다. 이상했다. 까닭 없이 마음이 불안하고, 조바심이 났다.

동철은 마음을 가라앉히고 아침을 먹고 나서 커피를 마시는데 전화가 왔다.

"여보세요. 탁동철 씨 이신가요?"

못 듣던 남자 목소리였다.

"네, 그런데요. 누구십니까?"

동철은 이상한 기분을 느끼며 말했다.

"경찰입니다."

"경찰이요? 근데 무슨 일로……."

"최종국 씨를 아시죠?"

"네, 친구입니다만 무슨 일로 물으십니까?"

"여기 중앙병원인데 최종국 씨가 사망하셨습니다."

"네에? 종, 종국이가 사망을 했다고요? 그, 그럴 리가 없, 없습니다."

동철은 너무 놀라 그럴 리가 없다고 떨리는 목소리로 말했다. 순간 눈앞이 캄캄해졌다.

"저, 진정하세요. 최종국 씨 소지품에서 탁동철 씨에게 쓴 편지가 있어 연락드렸습니다. 지금 중앙병원으로 좀 와 주시죠."

"아, 알겠습니다."

'종국이가 죽다니, 그럴 리가 없어. 어제 저녁까지만 해도 나하고 있었는데, 이게 대체 무슨 일이야.'

동철의 머리는 숨 가쁘게 돌아갔다. 아무리 생각해도 종국이 죽었다는 게 믿기지 않았다. 무슨 정신으로 차를 몰았는지 모를 만큼 동철은 혼이 나간 사람 같았다.

동철은 차를 병원주차장에 세우고는 병원 문을 열고 뛰어 들어갔다. 그가 두리번거리며 찾고 있는 걸 보고는 경찰이 다가와 말했다.

"저, 탁동철 씨 되십니까?"

"네, 내가 탁동철입니다."

"그러세요. 그럼, 저와 함께 잠시 가셔서 최종국 씨가 맞나 확인해주시죠."

"네, 알겠습니다."

동철은 경찰을 따라 갔다. 잠시 후 문이 열리고, 경찰이 덮여져 있는 하얀 천을 걷자, 종국이 눈을 감은 채 잠자 듯 누워있었다.

"조, 종국아, 네가 왜 이런데 누워있는 거니……. 눈 좀 떠봐…… 종국아, 눈 뜨고 무슨 말이라도 해봐……. 난 믿을 수 없어……. 네가 이렇게 갔다는 게……. 종국아, 조, 종국아!"

동철은 그의 시신을 부둥켜안고 절규하였다. 경찰은 그런 그를 물끄러미 바라보다 밖으로 나갔다. 동철은 10분이 넘도록 절규하며 울부짖었다. 설마 했는데, 종국이 죽었다는 사실이 믿기지가 않았다. 더구나 그토록 사랑했던 가족에게 외면당한 채, 하루하루를 가족의 그리움이란 울타리에 갇혀 몸부림에 젖다가 허무하게 간 그가 미치도록 불쌍해서 견딜 수가 없었던 것이다. 동철은 비틀거리며 몸을 일으켜 두 손으로 천을 잡고 그를 덮어주었다. 동철이 자리에서 일어난 걸 보고 경찰이 들어왔다.

"저, 탁동철 씨, 이 편지를 한번 보시죠."

경찰이 건네 준 편지를 쥔 동철의 손이 부르르 떨렸다. 그는 떨리는 손으로 편지를 잡은 채 읽기 시작했다.

—

동철아, 이렇게 너를 불러보는 것도 지금 이순간이 마지막이 될 거야. 내가 너를 만난 건 내 생애에 가족만큼이나 소중하고 의미가 있었단다. 너는 늘 한결같은 믿음으로 나를 대해주었고, 내가 힘들어 할 때마다 나를 일으켜 세워주었지. 난 너를 통해 참 인간이란 무엇이며, 어떻게 사는 것이 정말로 잘 사는 일인지를 알게 되었단다. 너를 만날 수 있었던 것은 내 인생 최고의 축복이었어. 그런데 그런 너를 두고 나 먼저 떠나려고 하니 하염없이 눈물이 앞을 가리는 구나.

동철아, 너도 지금 많이 힘든 삶을 살고 있지만, 그래도 넌 나 보다는 행복한 사람이야. 네게는 예쁜 수빈이도 있고, 믿음직한 의빈이도 있고, 비록 졸혼은 했지만 수영 씨도 있지 않니. 그러니 혹여 지금보다 더 힘든 일이 있게 되더라도 참고 견디다 보면 반드시 좋은 일이 있을 거야. 내가 누리지 못하는 행복까지 다 누리고, 오래오래 건강히 지내다 때가 되면 만나자.

동철아, 내 장례를 네가 맡아서 치러주었으면 한다. 내 장례 비용은 통장에 있으니, 그 돈으로 치러다오. 그리고 내가 살고 있는 집 보증금은 우리 기숙이에게 전해다오. 그리고 영민이 남진이에게도 참 고마웠다고 전해주길 바란다.

동철아, 네게 무거운 짐만 남기고 가서 미안하다.

—

편지를 읽고 난 동철의 눈에서는 빗물보다도 굵은 눈물이 주르르 흘러내렸다. 그는 경찰이 전해준 그의 소지품에서 수첩을 찾아내 그의 전처에게 알렸다. 그의 전처는 그가 죽었다는 말에도 전혀 놀라거나 슬픈 기색 없이 자신과는 이미 관계가 없는 사람이니, 다시는 전화 하지 말라며 말한 뒤 냉정하게 전화를 끊었다. 순간 동철은 분노가 일었으나 이를 물고 참았다. 그리고는 종국의 첫째 딸인 기숙이에게 전화를 걸어 그의 죽음을 알렸다. 기숙이는 그가 죽었다는 말에 적이 놀라며 곧 바로 병원으로 오겠다고 말하고는 전화를 끊었다. 동철은 박영민과 허남진에게도 알렸다.

동철은 수첩에 적힌 대로 전화를 해 그의 부음를 알리느라 여념이 없는데, 기숙이 헐레벌떡 달려와서는 그를 보더니 울면서 말했다.

"아저씨, 저의 아버지는요?"

동철은 기숙이를 데리고 종국의 시신이 있는 곳으로 가 보여주자, 기숙은 그의 주검을 확인하고는 "아, 아버지, 아버지! 눈, 눈 좀 떠 보세요. 네, 아버지!" 라고 울부짖으며 그를 부둥켜안고 오열하였다. 어찌나 애처롭게 우는지 그 모습을 바라보는 동철의 눈에서도 눈물이 주르르 흘러내렸다. 기숙은 아버지가 너무 불쌍해 견딜 수가 없었다. 기숙은 "아버지, 죄송해요…… 좀 더 살갑게…… 대해 드리지 못해 정말 죄송해요……. 아버지, 아버지, 이 못난 저를 용서해주세요……. 아버지, 불쌍한 우리 아버지……."라고 말하며 연신 흐느꼈다. 그대로 두면 안 될 것 같아 동철은 기숙을 진정시켰다. 얼마나 울었는지 기숙은 비틀거리며 가까스로 일어났다.

"아저씨, 우리 엄마도 아버지가 돌아가신 거 알아요?"

"그래, 그런데 엄마가 자신과는 이미 관계를 끊은 사람이니 오지 않겠다고 하더구나."

"정말……, 우리 엄마가 그렇게 말했어요?"

기숙은 믿을 수 없다는 듯 말했다.

"그래. 사실이야."

동철의 말에 기숙은 저만치로 가서 엄마에게 전화를 해서는 이야기 하다 엄마가 오지 않겠다고 하자 큰 소리로 말하며 울부짖었다. 전화를 끊고는 얼마동안 주저앉아 울기만 했다.

"기숙아, 그만 울고 어서 장례준비를 해야지."

동철은 장례준비를 해야 한다며 기숙을 달랬다.

종국의 시신이 안치실로 옮겨지고, 동철은 기숙이를 데리고 장례식장 호실을 정하고 장례절차에 들어갔다. 모든 것을 마치고 나서 동철이 잠시 앉아 쉬고 있는데 박영민이 헐레벌떡 달려왔다.

"동철아, 종국이가 죽다니, 어떻게 이런 일이……."

영민은 놀란 얼굴로 말을 채 잇지 못하고 큰소리로 흐느껴 울었다. 동철은 그가 진정할 때 까지 기다렸다. 허남진도 놀란 얼굴로 도착해서 동철로부터 얘기를 듣고는 눈물을 흘리며 슬픔을 감추지 못했다.

기숙이 종국의 형제들을 비롯해 친척과 친지들에게 연락을 했다. 연락을 받고 하나 둘씩 드문드문 조문을 왔다. 동철과 친구들은 조문객을 맞는 등 분주히 움직였다. 그리고 장례식을 주관하며 쓸쓸히 떠난 친구에 대한 도리를 다했다.

"동철 아저씨, 그리고 영민 아저씨, 남진 아저씨, 정말 감사드려요. 아버지께서도 아저씨들을 많이 고마워하실 거예요."

장례식을 마치고 기숙은 동철과 영민, 남진에게 울면서 감사함을 표했다.

"당연히 할 일을 한 것뿐이란다. 기숙아, 너라도 아버지 곁을 지켜주었으니, 아버지가 좋아하실 거야. 그리고 앞으로 힘내서 열심히 살도록 해. 그것이 아버지에 대한 도리고, 그런 널 하늘에서 지켜보며 좋아하실 거야."

"네, 아저씨. 그렇게 할 게요."

동철은 슬픔을 잊고 열심히 잘 살아야한다며 기숙을 위로해주었다. 영민도 남진도 한마음으로 기숙을 위로하였다.

기숙을 보내고 동철과 친구들은 피곤한 몸을 이끌고 〈벤허〉로 가서 술을 마시며 이야기를 했다. 종국이 없는 자리는 너무도 외롭고 쓸쓸했다. 술을 마시다 동철이 울면서 말했다.

"아무리 종국이 밉다고 해도 어떻게 와서 보지도 않니······. 아이들의 아버지잖아······. 삼십년 가까이 산 아내에게 모질게 냉대를 받다니······. 정말이지 종국이가 불쌍해서 미치겠다."

동철의 말에 영민도 남진도 함께 흐느꼈다. 일부러 망한 것도 아닌데, 오히려 힘을 주고 용기를 주어야 하는데 모질게도 이혼을 요구하고, 마지막 떠나는 길에도 모습조차 보이니 않는 개 같은 냉혹함에 분노가 일었던 것이다.

좋은 관계일 땐 부부지만 헤어지면 남보다 못한 관계가 부부라면 이는 축복이 아니라, 비극일 뿐이다. 부부란 좋을 때만 부부가 아니다. 힘들고 어려울 때 더 필요한 관계가 부부인 것이다.

그런데 그렇지 않은 게 지금 우리 사회의 현실이다. 다시 말해 돈이 있으면 남편이고 아버지이지만, 돈 없으면 남편 대접도 아버지 대접도 못 받는 게 우리 사회의 현실인 것이다. 나아가 졸혼이다 이혼이다 해서 하루아침에 둥지 잃은 새가 된다.

남편을 아버지를 돈 버는 기계로만 안다면, 어떻게 진정한 가족이라고 할 수 있을까. 차라리 그런 가족은 없는 것이 더 좋을 것이다. 지금 우리 사회에서의 가족은 지금은 좋더라도 언제 어떻게 무너져 버릴지 모른다. 이런 현실에서 모든 가정은 잠재된 졸혼과 이혼 가정이라고 할 수 있다.

흐느낌을 멈춘 동철은 진정한 가족의 의미가 점점 희석되는 현실에서 벗어나고 싶다고 말했고, 영민 또한 그러고 싶다고 말했다. 남진 또한 씁쓸한 웃음을 지었다.

동철과 영민과 남진은 종국의 죽음을 통해 자신들의 현실을 깊이 자각하게 되었다. 그리고 그 허탈함과 허무함에 분노했다. 그들은 분노하며 떠들기를 반복하다 한껏 취해서 집으로 돌아갔다.

나를
찾아서

동철은 10시가 다 되어서 깨어났다. 과음을 하지 않는 그가 어제는 만취하도록 마셨다. 어머니가 돌아가시고 나서 슬픔이 채 가시기 전 절친 종국의 죽음은 가슴 한쪽이 무너져 내리는 충격이었다. 그런데다 장례식을 치르느라 잠도 거의 자지 않은 상태에서 마신 술은 그를 만취하게 만든 것이다.

자리에서 일어난 동철은 얼큰한 콩나물국을 끓여 두 그릇이나 먹었다. 콩나물국을 먹고 나자 속이 확 풀리는지 동철의 얼굴이 한결 밝아졌다. 욕실로 들어가 샤워를 하고 머리를 감은 뒤 밖으로 나온 그는 스킨과 로션을 바르고, 옷을 갈아입었다. 그리고는 세탁기를 돌려 빨래를 하고나서 오디오를 틀었다. 갑자기 공허함이 확 몰려왔던 것이다.

동철은 소파에 몸을 깊이 묻고 눈을 감았다. 3개월도 안 돼 인생의 신앙과도 같은 어머니와 자신의 일부와 같은 종국을 떠나보낸 것이 믿기지 않았다. 왜 자신이 사랑하는 사람들을 잃어야만 하는지, 왜 삶은 자신에게 그토록 잔인한지 자신의 삶에 반기를 들고 싶은 심정이었다. 어린 시절부터 홀로 된 어머니에게 힘이 되어드리기 위해 사남매 맏이로서 나름대로 열심히 살아왔는데, 그 어떤 순간에도 불평 없이 살아왔는데, 그래서 풍족하지는 않더라도 편안하고 여유로운 시간을 보내고 싶은데 그런 소소한 평안마저도 자신을 외면한다는 생각이 들자 마음이 울컥했다.

그동안 동철은 몸과 마음이 지칠 대로 지쳐 있었다. 그는 자리에서 일어나 밖으로 나가 차에 시동을 걸고는 무작정 달렸다. 달리다보니 차는 단강리로 향했다. 그곳엔 남한강이 흐르고 있는데 동철은 힘들 때마다 가끔 그곳을 다녀오곤 했다. 집을 떠난 지 30여분 만에 단강리에 도착하였다. 차에서 내린 동철은 백사장으로 걸어가 말없이 흐르는 강물을 바라보았다. 강은 그의 지친 몸과 마음과는 달리 너무도 평온했다. 강물을 바라보는 그의 볼을 타고 눈물이 주르르 흘러내렸다. 마치 꼭 잠가졌던 수도꼭지가 열린 듯 한참을 울었다. 그의 눈물은 눈물이 아니라 핏물이었다. 힘들어도 모든 걸 혼자 감내해야만 했던 현실이 너무 가혹하다고 생각했다. 그렇게 생각하던 동철은 큰소리로 울부짖었다.

"내 인생아! 너는 왜 이토록 나에게 잔인한 거냐……. 내가 뭘 그렇게 잘못한 게 있다고, 이처럼 감당하기 힘든 고통을 주니……. 나도 아버지이고, 오빠고, 형인 사람이야……. 나도 제발, 숨 좀 쉬고 살자……. 내 인생아, 너는 이런 내가 불쌍하지도 않니……. 나를 이 굴레의 숲에서 벗어나게 해주면 안 되겠니……. 잔인하고 몰인정한 내 인생아……."

동철은 강변에 어둠이 깃들 때까지 그렇게, 그렇게 울부짖으며 지금의 고통스러운 현실을 아파하고 또 아파했다. 그 날 동철은 육십 평생을 살아오는 동안 흘렸던 눈물보다도 더 많은 눈물을 흘렸다. 그는 밤 열 시가 넘어서야 집에 들어왔다.

11월 하순의 날씨는 이상하리만치 포근했다. 산책을 하는 데는 아주 그만이었다. 산책을 마치고 집으로 돌아 온 동철은 그 동안 자신이 생각해오던 계획을 실행해야겠다고 마음먹었다. 동철은 어머니를 간병하면서 늘 생각하던 게 있었는데 어머니가 떠나시면 모든 걸 정리하고 봉평으로 가서 지낼 생각이었다. 그곳엔 지인이 살고 있는데, 언젠가 자신의 생각을 말했을 때 지인은 언제든지 오라고 했었다. 그곳에 가서 작은 통나무 집을 짓고 텃밭을 가꾸며 지내고 싶었다. 그리고 기회가 되면 마을 회관에서 어린이와 주민들에게 영어를 가르쳐야겠다고 생각했다. 마음을 굳힌 동철은 지인에게 전화를 걸어 내일 방문하겠다고 약속을 잡았다.

다음 날 동철은 아침을 먹고 나서 11쯤 봉평으로 출발하였다. 하늘은 맑고 날씨는 매우 포근해서 마치 나들이를 떠나는 아이처럼 마음이 설렜다. 참으로 오랜만에 느끼는 감정이었다. 12시가 다 되어 지인의 집에 도착하였다.

"어서 오세요. 탁 선생이 좋아하는 김치찌개와 감자전을 해 놨으니 맘껏 드세요."

지인은 반갑게 맞으며 말했다.

"감사합니다. 오늘 포식 좀 하겠습니다."

동철은 이렇게 말하며 환히 웃었다. 그가 그처럼 웃는 것은 참으로 오랜만이었다. 지인은 동철이 직장생활을 할 때 동료를 통해 알게 된 사람인데 그와는 생각하는 것도 취미도 비슷해 금방 친해졌다.

동철은 식사를 하며 자신의 생각을 말했고 지인은 자신의 땅을 내어줄 테니 그 땅에 통나무집을 짓고 텃밭으로 사용하라고 했다. 그리고 통나무건축업체를 운영하는 자신의 친구를 소개해주었다. 동철은 그렇게 하겠다고 그 자리에서 결정했다. 식사 후 지인과 함께 주변을 돌아보며 시간을 보내다 저녁까지 먹고 원주로 왔다.

다음날부터 동철은 바쁘게 움직였다. 지인으로부터 소개받은 통나무업체를 방문하여 이것저것을 알아보았다. 그렇게 해서 계약을 하고, 공사를 시작했다. 집이 작다보니 건축비용도 생각했던 것보다 저렴했다. 게다가 지인의 친구라는 이유로 단가를 낮춰주었다. 동철은 틈틈이 가서 건축 상황을 살펴보았다.

그가 없을 땐 지인이 자신의 일처럼 살펴주었다.

12월도 중순에 접어든 어느 날 백남옥은 원주에 왔으니 만나자고 연락했다. 동철은 그녀의 커피숍으로 갔다. 그녀가 반갑게 맞아주었다.

"어서와. 지난 번 보다 얼굴이 밝아졌네."

"그래?"

"응."

동철의 말에 남옥은 웃으며 말했다. 그리고 만나자고 한 이유에 대해 말했다.

"단도직입적으로 말할게. 어머니도 떠나셨으니 〈로마의 휴일〉과 커피숍을 맡아줘."

"그랬으면 좋겠는데, 나 원주 떠나기로 했어. 그래서 지금 준비 중이야."

"그래? 어디로?"

"봉평에 작은 통나무집을 짓고 텃밭도 가꾸고, 그곳 아이들과 주민들에게 영어교실을 열 계획이야. 어머니 떠나시면 그렇게 하려고 오래전부터 계획했거든."

동철의 말에 남옥의 표정이 어두워 졌다. 그녀는 잠시 뭔가를 생각하더니 말했다.

"꼭 그래야만 해? 계획을 바꿀 수 없어?"

"응."

"사실 내가 〈로마의 휴일〉과 커피숍을 이곳에 차린 것은 널 위해서야."

"날 위해서?"

"응. 네 허락도 없이 일을 벌였지."

"그, 그랬구나. 날 생각해주는 네가 정말 고맙다. 하지만 난 네 뜻대로 할 수 없어. 난 지금 안식이 필요해. 솔직히 많이 지쳤어. 그래서 그곳에 가서 지친 나에게 휴식을 주고 싶어. 이런 날 이해주었으면 해."

동철의 말에 남옥은 슬픈 표정을 지었다. 동철이 자신의 제안을 기꺼이 받아들일 것으로 생각했지만 그의 대답은 전혀 반대였던 것이다. 지난번에 말했을 땐 어머니 간병으로 할 수 없다고 해도 지금은 상황이 다르기 때문에 동철의 거절은 그녀에게는 다소 충격이었다. 남옥이 다시 말했다.

"꼭 그래야만 하겠어? 〈로마의 휴일〉과 커피숍을 운영하며 네가 하고 싶은 것 하면서 얼마든지 지친 심신을 풀 수도 있잖아."

"그럴 수도 있겠지. 하지만 내가 운영하는 이상 난 네 말처럼 그렇게 못해. 일단 운영을 맡게 되면 내게 책임이 따르게 되고, 설령 그렇지 않더라도 내 성격이 용납하지 못해. 그래서 아무 제약도 없이 내가 하고 싶은 대로 하고 싶은 거야. 그러니 날 이해해줘. 미안해……."

동철은 자신이 할 수 없는 이유에 대해 분명하게 말했다. 그의 말을 듣고 잠시 침묵하던 남옥이 말했다.

"네 생각이 그렇다면 더 이상 권유하지 않을게. 하지만 나중에라도 생각이 바뀌면 언제든지 말해. 〈로마의 휴일〉과 커피숍은 널 위한 거니까."

"그래, 그렇게 할게. 고마워……."

동철의 말에 어두운 표정을 짓던 조금 전과는 달리 남옥은 옅게 미소 지었다.

동철은 남옥과 헤어져 집으로 돌아와 쉬고 있는데 아내가 전화를 해 만나자고 하여 그녀를 만나러 갔다. 외관이 모던 한 스타일의 커피숍이었는데, 실내는 클래식한 인테리어가 돋보였다. 동철이 자리에 앉고 나서 5분도 채 안 돼 아내가 들어왔다. 동철이 손을 들어 자신의 위치를 알렸다. 그녀가 옅게 웃으며 자리에 앉았다. 동철이 무슨 커피를 마시겠냐고 묻고는 자신이 커피를 시키러갔다.

　잠시 후 그가 커피를 들고 와 아내에게 건넸다. 그녀가 한 모금 마시고 나서 말을 꺼냈다.

　"요즘 어떻게 지내?"

　"늘 그렇지 뭐. 그러지 않아도 연락을 할 참이었는데, 먼저 했네. 무슨 일 있어?"

　동철의 물음에 아내는 커피를 한 모금 마시고 나서 그동안 자신이 한 행동에 대해 미안하다며 사과를 했다. 그리고 동철만 좋다면 다시 합치는 것이 어떻겠냐고 물었다. 동철은 아내의 말에 엷게 미소 지며 차분하지만 분명하게 말했다.

　"난 예전이나 지금이나 당신을 원망하지 않아. 당신은 며느리로서, 아내로서, 엄마로서, 올케와 형수로서 백점이었어. 가난한 나를 만나 힘들게 살았던 당신에게 언제나 미안하고 고마웠어. 난 언제나 당신을 잊지 못할 거야. 하지만 당신하고 재결합은 안 하고 싶어. 당신도 나도 자식으로서, 부모로서, 열심히 살았잖아. 우리 이제 진정으로 각자만의 자유를 찾았으면 해. 우리 애들도 다 키웠으니, 더 이상 아이들에게 매이지 말았으면 해. 당신이나 나나 엄마란 이름으로, 아버지란 이름으로 살면 돼. 그리고 당신이 원한다면 우리는 친구처럼 지냈으면 좋겠어. 각자 살면서 힘들면 서로 도와주고 그렇게 각자를 사는 거야. 나도 이제 남편이란 이름과 아들이란 이름과 아버지란 이름과 형과 오빠라는 이름으로부터 자유로워지고 싶어. 지금부터라도 나를 살고 싶어. 지금에서야 말이지만 나 그동안 너무 지쳤어. 순간순간 도망치고 싶을 때도 많았어. 하지만 그럴 순 없었어. 난 내 인생에게 비겁해 지고 싶지 않았거든. 그런데 이제 난 비겁하지 않아도 돼. 난 내가 해야 할 일을 했으니까. 그 어느 누구도 나에게 이래라 저래라 할 수 없어. 나는 나를 위해 살고 싶어. 그래서 난 당신의 뜻을 받아들일 수 없어. 나를 이해해주었으면 좋겠어. 미안해⋯⋯."

동철은 이렇게 말하며 눈물을 흘렸다. 아내는 젖은 눈으로 그를 바라보다 흐느꼈다. 불쌍했다. 한 인간으로서 동철이 너무 불쌍했던 것이다. 그는 자식으로서, 부모로서, 장남으로서 완벽한 남자라고 생각했다. 그리고 자신에게도 좋은 남편이라고 생각했다. 그토록 착한 그를 자신이 너무 힘들다고 외면한 것에 대한 자책감으로 너무도 미안했던 것이다. 얼마동안을 흐느끼던 그녀가 눈물을 닦고 난 뒤 말했다.

"당신은 정말 좋은 남자야. 어머니에게도, 나에게도, 우리 애들에게도, 동생들에게도. 그래서 당신이 더 불쌍해. 나 당신하고 다시 시작하고 싶은데, 당신 뜻대로 할게. 어느 누구에게도 구속당하지 말고 당신 혼자 자유롭게 살아. 그리고 우리 엄마로서 아버지로서만 사는 거야. 또 당신 말대로 우리 친구처럼 지내. 그리고 먼 훗날 당신 속에 쌓여있던 고통의 찌꺼기가 다

소멸 되어 내가 필요하다고 생각되면, 그 때 우리 남은 인생 같이 살다 같이 떠났으면 해. 그 때 까지 우리 건강하게 살아. 그동안 너무 미안하고 고마웠어."

동철과 아내는 그동안 마음속에 담아왔던 이야기를 다 풀어놓았다. 동철은 무거운 짐을 내려놓은 듯 한결 마음이 가뿐했다. 지금까지는 어머니를 모시고 가장으로서 살아왔다면, 이제는 한 사람의 자유인으로 살고 싶었던 것이다.

통나무집을 짓기 시작한지 두 달, 집이 작다보니 거의 완공 단계에 이르렀다. 건축면적은 15평인데, 2층은 10평으로 하여 서재로 꾸미기로 했다. 마당 한쪽엔 작은 텃밭도 마련하였다.

새해를 맞고 어느 덧 한 달이 지났다. 집도 완공 되었다. 동철은 의빈과 수빈을 내려오라고 하여 자신의 뜻을 전했다. 엄마하고도 얘기가 잘 되었으니 너희들도 이해해 주었으면 좋겠다고 말했다. 의빈과 수빈은 잘 알겠다며 그를 이해해주었다. 아이들이 가고 나서 그 이튿날 부동산에서 연락이 왔다. 아파트를 사겠다는 사람이 있다고 했다. 그동안 여러 사람들이 다녀갔지만, 팔리지 않았는데 이번엔 잘 될 거라며 말했다.

다음 날 오후. 부동산 중개인과 40대로 보이는 부부가 와서는 이곳저곳을 살펴 본 후 계약을 하였다. 2월 15일에 이사를 오겠다고 했다. 동철은 그 전에 집을 비우겠다고 말했다. 그동안 집이 팔리지 않아 마음이 많이 쓰였는데, 그들이 돌아가고 나서야 동철은 그동안 무거웠던 마음이 가벼워졌다. 이제 이사만 가면 된다. 그날 밤 동철은 편안한 마음으로 잠이 들었다.

그로부터 일주일 후 동철은 아내를 만났다.

"이거, 아파트 판돈 중에 절반이야."

동철은 아내에게 통장을 건네주며 말했다.

"절반을 나에게 주면 당신은? 애들도 나눠준다면서?"

"퇴직금 남은 것도 있고, 우리 사주도 있어. 그러니 신경쓰지 마."

동철은 아내의 말에 신경 쓰지 말라고 엷게 웃으며 말했다.

동철은 남은 돈 중 삼분의 일은 의빈이에게 보내주고, 삼분의 일은 수빈이에게 보내주었다. 나머지는 자신의 몫으로 하였다.

이틀 후 동철은 자신에게 필요한 최소한의 것만 챙겨 이삿짐차에 싣고 봉평으로 갔다. 자신이 생활하기 좋게 책상과 책장, 옷장 등 가구를 정돈하였다. 짐이 간단하다 보니 반나절 만에 이사는 끝이 났다. 동철은 사흘 후에 오겠다고 지인에게 말하고는 원주로 왔다.

저녁에 동준이 왔다. 동준은 혼자서 시골로 떠나는 그에게 너무 미안해하며 눈물을 흘렸다. 동철은 그를 위로하며 말했다.

"동준아, 그동안 참 고마웠다. 동숙이는 미국에 있고, 동민이는 남과 같이 지내니, 내가 힘들 때 네가 내 곁에 있어줘 큰 힘이 되었단다."

그랬다. 동숙은 미국에 있으니 그렇고, 동민은 남보다 못하니 그렇고, 그런데 동준은 동철에게 힘이 되었으니 동생이지만 한 남자로서 그가 고마웠던 것이다.

"형님, 건강 잘 챙기세요. 자주 찾아 뵐게요."

"그래. 너도 건강생각하며 글 쓰도록 해."

동철의 말에 동준은 고개를 끄덕이며, 그의 손을 꼭 잡았다. 동준이 가고 나서 동철은 아주 편한 마음으로 잠을 잤다.

다음 날 낮에 동철은 남옥을 만나 점심을 함께 했다.

"이제 내일이면 원주를 떠나는구나."

남옥은 막상 동철이 내일 원주를 떠난다고 생각하니 코끝이 찡해졌다. 그녀의 얼굴엔 아쉬움이 짙게 배어 있었다. 그런 그녀의 모습을 보고 동철이 엷게 웃으며 말했다.

"봉평은 원주서 가까우니 일이 있으면 내가 원주로 와도 되고, 네가 봉평으로 오면 되잖아."

"그, 그래……. 그러면 되겠다."

남옥은 말은 이렇게 했지만 아쉬운 마음만큼은 어쩌지 못했다. 그날 동철과 남옥은 많은 얘기를 나눴다. 둘은 사랑을 키워

부부가 되지는 못했지만 살아있는 동안 서로에게 좋은 친구로 남자고 말했다.

저녁엔 박영민과 허남진을 〈벤허〉에서 만났다. 그들은 지난날을 이야기하며 때로는 웃고, 때로는 울었다. 다 같은 58년생 개띠들로 어느 세대보다도 힘들게 인생을 살아왔고, 살고 있다. 베이비부머세대라는 공통점은 그들의 우정을 더욱 단단하게 해주었다.

"나도 더 이상 아내 눈치 보며 살고 싶지 않아. 이제 나도 내가 하고 싶은 대로 살아야겠어."

영민은 더 이상 아내의 눈치를 보며 살고 싶지 않다고 말했다. 자신도 아내로부터 독립하고 싶다고 목소리를 높였다. 하지만 동철은 그가 성격상 그렇게 하지 못한다는 걸 잘 안다. 그런 그가 그렇게라도 얘기하지 않으면 아무리 친구지간이지만 자신이 너무 한심한 인간처럼 여겨졌기에 그렇게라도 자신을 나타내고 싶었기 때문이라는 것을.

"난 그 어떤 욕심도 없어. 그냥 지금처럼만 살았으면 해. 무엇을 바란다면 그것은 내게는 사치일 뿐이니까. 난 그래도 우리 세대 중엔 행복한 사람이라는 생각이 들어."

남진은 앞으로도 지금처럼만 살고 싶다고 말했다.

"우리는 그동안 다들 힘들게 살아왔어. 하지만 지금 무엇을 더 바라겠니. 아프지 말고 건강하게 지금 주어진 일 열심히 하며 사는 거야. 그러면서 가끔씩 만나 술이라도 한 잔 하면서 재 밌게 살자."

동철은 사는 날까지 건강하게 열심히 살자고 말했다. 영민과 남진은 고개를 끄덕이며 엷게 웃었다. 〈벤허〉를 나온 셋은 어깨동무를 하며 걸어가다 각자의 집으로 향해 갔다.

다음 날 아침 일찍 잠에서 깬 동철은 머리를 감고 세수를 한 뒤 단정하게 옷을 입고는 자신과 가족들의 손때가 묻은 곳곳을 손으로 어루만지며 돌아보았다. 마치 소중한 것을 놓고 가는 것처럼 마음이 허전했다.

"그동안 우리 가족을 따뜻하게 품어주고 안아줘서 참 고맙다. 새로 이사 오는 사람들과도 잘 지내주기 바란다."

동철은 사람에게 하듯 집에다 대고 말했다. 순간 그의 눈언저리가 붉게 충혈 되었다. 하지만 그는 울지 않았다.

아파트를 나온 동철은 어머니가 잠들어 계시는 곳으로 갔다. 그곳엔 최종국도 있었다. 2월 중순의 날씨는 맑고 따뜻하고 포근했다. 날씨 탓이었을까, 어머니를 뵈러 가는 길은 그리 삭막하지만은 않았다. 시내를 벗어 난지 이십 여분 만에 봉안당에 도착하였다.

주차장에 차를 주차시킨 동철은 꽃을 두 송이 사서는 어머니에게로 갔다. 사진 속에서 웃고 있는 어머니가 그를 반겨주었다. 동철은 꽃을 붙인 후 사진 속 어머니를 바라보고 말했다.

"어머니, 그동안 잘 계셨어요? 저도 집사람도 아이들도 동생들도 잘 지내고 있어요. 모두가 어머니 기도의 힘이에요……. 어머니, 그곳에서는 행복하시죠? 천국에서는 맑은 정신으로 행복하게 사세요. 그리고 나중에 제가 가면 행복하게 살아요……. 어머니, 저 오늘 원주를 떠나요. 자주 찾아 뵐 게요. 그러니 너무 섭섭해 하지마세요……. 어머니, 다음에 올 땐 아이들과 같이 올게요. 그 때까지 안녕히 계세요……."

동철의 눈에 눈물이 맺혔다. 금방이라도 어디선가 이름을 부르며 오실 것만 같은 어머니, 동철은 한참을 서서 어머니를 바라보다 밖으로 나와 다른 건물에 있는 최종국을 만나러 갔다. 사진 속의 종국은 너무도 쓸쓸해 보였다. 누군가가 오래전에 다녀갔는지 붙여져 있는 꽃이 말라있었다. 동철은 그것을 떼어내고 자신이 갖고 간 꽃을 붙였다.

"종국아, 잘 있었니? 너무 외로워 보여 내 마음이 너무 아프다……. 그러나 종국아, 외로워하지 마. 언제가 될지 모르겠지만 우리 그곳에서 만나면 행복하게 지내자……. 그러니 그곳에선 외로워하지 말고 행복하게 지내……. 나 오늘 원주를 떠나. 하지만 자주 올게……. 그 땐 영민이 남진이와 같이 올게. 종국아, 잘 지내. 그 때 보자……."

동철은 이렇게 말하고는 사진 속의 그에게 손을 흔들어주고는 밖으로 나왔다. 맑고 푸른 하늘은 이곳에 오기 전보다도 더 맑고 푸르게 빛났다.

　동철은 주위를 한번 둘러본 뒤 시동을 걸고 천천히 출발하였다. 시내를 벗어난 차는 영동고속도로를 향해 달려갔다. 봄이 오는 기운이 곳곳에서 모습을 드러냈다. 지난 겨울은 지독하게 혹독했지만 다가오는 봄에게 자리를 내어주고는 서서히 사라져 간 것이다. 자연의 신비스러움에 감탄이 절로 났다.

　'그래. 나도 저 들녘의 맑고 싱그러움처럼 남은 내 인생을 살자. 나 또한 인생이란 지독한 여름더위와 장마와 추위를 견뎌내지 않았던가. 그래, 그렇게 나를 살자. 남편도 아니고, 아버지도 아니고, 형 오빠도 아닌 탁동철로 나를 살자. 그렇게 나를 살자.'

　이렇게 생각하는 동철의 볼을 타고 눈물이 흘러 내렸다. 하지만 그 눈물은 아픔과 고통의 눈물이 아니라 희망의 눈물이었다.

　차창 밖 저 멀리로 한 무리의 새들이 줄지어 날아간다. 마치 자유란 이런 것이야, 라는 것을 보여주기라도 하듯이, 그렇게……

58년생은 무엇으로 사는가

58년생은 베이비부머세대(한국전쟁직후인 1955년부터 가족계획 정책이 시행된 1963년까지 태어난 세대)중에서도 59년생, 57년생과 더불어 가장 핵심적인 세대로, 어린 시절엔 지독한 가난과 그로인해 배고픔의 시절을 겪었고, 우리나라 경제성장에 막대한 영향을 끼친 한국경제발전의 주역들이다. 하지만 베이비부머세대들의 자녀들이 취업난을 겪으면서 취업과 결혼이 늦어져, 베이비부머세대는 노부모 부양의 부담과 더불어 자녀에 대한 경제적 부담까지 짊어져야만 하는 힘겨운 세대이다.

나아가 부모를 모시고 사는 마지막 세대이면서 정작 자신들은 자녀들과 함께 사는 것을 바라지 않는 세대이기도 하다.

특히, 이 소설의 등장인물들인 58년생이 명퇴나 정년퇴직 후 일할 만한 자리가 별로 없다. 있다 해도 아파트 관리직, 회사 경비직, 대리운전, 청소직 등 단순 노동직이 대부분인데 그나마도 자리가 없다보니 하루하루를 살얼음판을 걷듯 불안과 초조 속에서 지낸다.

그런데도 아내들과 자식들 중엔 그들의 고통을 모르는 이들이 많다. 남편이자 아버지인 그들을 돈 버는 기계로만 안다. 그리고 삶이 충족 되지 않으면 졸혼과 이혼을 강요당하고, 결국에는 혼자가 되어 쓸쓸히 아침을 맞는 이들이 점점 늘어만 가는 추세다. 이를 극복하기 위해 정부는 여러 가지 정책을 추진하고 있지만, 아직까지는 피부에 와 닿지 않는 허상에 불과할 뿐이다.

이 소설은 힘겨운 삶속에서도 꿋꿋하게 살아가기 위해 노력하는 58년생들의 이야기로, 그들을 통해 과연 '58년생, 그들은 누구이며 무엇으로 사는가'에 대한 관점에서 쓴 소설이다.

그들은 자신에게 짐 지어진 삶의 무게에 짓눌려 고통스러워하기도 하고, 때론 불편한 사회적 현실에 눈물을 흘리며 분노하기도 하고, 또 때론 절망하며 마지막 순간을 생각하기도 하지만, 아버지로서의 본분을 잃지 않는다.

대한민국에서 아버지란 이름으로 살아간다는 것은 마치 삶의 정글을 탐험하는 거와 같지만, 잊지 말아야 할 것은 그들이 있기에 우리 사회가 이만큼이라도 건재하다는 사실이다.

이 소설이 힘겹게 살아가는 아버지들에게는 따뜻한 위안이 되고, 저마다의 가족들에게는 아버지를 이해함으로써 좀 더 행복한 가정이 되는데 도움이 되었으면 한다.

대한민국 모든 가정위에 삶의 은총과 행복이 가득하길 기원 드린다.

김옥림

58년생 개띠들의 고군분투기

탁동철

1판 1쇄 발행 | 2019년 4월 25일

지은이 | 김옥림

펴낸곳 | 북씽크

펴낸이 | 강나루

주　소 | 서울시 서초구 명달로24길 46, 3층 302호

전　화 | 070 7808 5465

등록번호 | 제 206-86-53244

ISBN　979-11-87390-21-3　03810

copyright ⓒ 김옥림